Future Fiction

Collana diretta da

Francesco Verso

Paesi sommersi

Fantascienza olandese

A cura di Roderick Leeuwenhart e Francesco Verso

Traduzione di Davide Caproni e Francesco Verso

Associazione culturale Future Fiction
Via Valentiniano 40 – 00145 Roma
P. IVA 15586791004

I diritti d'autore per i singoli racconti sono di proprietà dei rispettivi autori.

Copyright © 2024 Future Fiction
Sito web: futurefiction.org

Tutti i diritti riservati. Nessuna parte di questa pubblicazione può essere riprodotta, distribuita o trasmessa in qualsiasi forma o con qualsiasi mezzo, inclusa la fotocopia, la registrazione o altri metodi elettronici o meccanici, senza il preventivo consenso scritto dell'editore, tranne nel caso di brevi citazioni contenute in recensioni critiche e alcuni altri usi non commerciali consentiti dalla legge sul copyright.

Editing e formattazione di Alda Teodorani
Immagine di copertina di Tais Tang

Titolo: *Paesi sommersi - Fantascienza olandese*
© 2024 Future Fiction, Roma
I edizione luglio 2024
info@futurefiction.org
ISBN: 9791281937000

Un tipo di fantascienza che ha senso per i Paesi Bassi

di Roderick Leeuwenhart

Tra qualche centinaio di anni i Paesi Bassi saranno, molto probabilmente e in gran parte, scomparsi. Sembra fantascienza oppure è la logica conseguenza del cambiamento climatico? L'innalzamento del livello del mare avrà inghiottito la nostra terra, travolgendo le dighe e inondando le città. Stiamo già elaborando vari piani che vanno dalla costruzione di strutture fortificanti nel Mare del Nord all'abbandono di intere province, come sacrificio rituale per placare qualche antico dio del Doggerland. È una questione del tutto aperta se saremo in grado di evitare la Grande Inondazione. Cosa succederà dopo? Come ci rialzeremo, ammesso che sopravvivremo?

Potrebbe esserci una diaspora olandese, che si riverserà nel resto del mondo o altrove (se la colonizzazione della Luna e di Marte andrà come previsto). Un popolo senza nazione, incline a quel commercio internazionale che ci ha sempre definito. Oppure useremo l'altro grande marchio di fabbrica olandese – la nostra favolosa capacità di modellare la terra e domare il mare – per ritagliarci un nuovo Paese in cui vivere? Dopo tutto, "Dio ha creato il mondo, ma gli olandesi hanno creato i Paesi Bassi."

Guardando al panorama della narrativa di speculazione, ciò potrebbe rendere la fantascienza ecologica un genere adatto a noi. La nostra storia è definita dalla lotta contro il Mare del Nord e dalle innovazioni tecnologiche capaci di recuperare o rimodellare un delta fluviale, un tempo umido e paludoso. Allo stesso tempo, la fantascienza è stata emarginata nel nostro Paese sin dal periodo dell'Età dell'Oro del genere. Forse il cambiamento climatico e le questioni ecologiche le daranno nuova rilevanza. La fantascienza, più di ogni altro genere letterario, ha la capacità di immaginare un futuro, di indicare la strada da seguire, e di ispirare nella gente visioni di tecnologie emergenti e idee coraggiose. Può fungere da antidoto alla sensazione paralizzante di essere intrappolati in tempi apocalittici senza via d'uscita.

Prendiamo per esempio il nuovo genere "ziltpunk", nato nel 2017. Queste storie rifiutano la tesi secondo cui una catastrofe naturale segnerebbe la fine della civiltà. Al contrario, immaginano futuri molto diversi per i Paesi Bassi *dopo il disastro*. Utilizzando una tecnologia grandiosa e idee innovative, dimostrano che c'è molto da amare e da apprezzare in ciò che verrà dopo. Potrebbero persino far desiderare al lettore di vivere in quei futuri! Questa antologia contiene due storie ziltpunk, scritte dai creatori del genere: "San Disma e il dolore dei granchi pelosi" di Tais Teng e "Ballando coi tornado" di Jaap Boekestein.

Il paese sommerso è un tema ricorrente in tutta la raccolta. "La città sommersa" di Bo Balder mostra il nostro spirito imprenditoriale mentre dei nostalgici olandesi progettano di ricostruire una gloriosa e del tutto anacronistica riproduzione del nostro Paese, sperduto al largo delle coste australiane. Nel frattempo, in "Scuola di vetro" di Joachim Heijndermans, gli studenti cercano di ripristinare la diversità della biosfera introducendo pesci artificiali nelle nostre città sottomarine. Il racconto breve "Un'oasi di riparazione" di Floris Kleijne, infine, escogita un modo interessante per utilizzare lo scioglimento delle calotte polari a nostro vantaggio.

Un futuro più distopico è proposto da Cornelie Moolhuizen: in "Grano dalla pula" seguiamo il viaggio di un vecchio scienziato che cerca di bioingegnerizzare i semi per una coltura che sfamerà un mondo in cui le pestilenze hanno devastato gli alimenti di base dell'umanità.

Altre storie di fantascienza eco-sostenibile sono più vicine a casa nostra e al presente. In "Che ne facciamo del lupo?" immagino come potremmo affrontare l'incursione dei lupi nella nostra più grande foresta nazionale uploadando la loro coscienza mediante un chip neurale e i problemi che ne derivano quando il lupo resiste a tale dono.

Passando dai temi ecologici alla giustizia sociale, "Pake Pollok" di Joost Uitdehaag racconta la storia di un uomo della nostra città più settentrionale, Groningen, che si ritrova coinvolto in un'organizzazione terroristica, tipo Anonymous, la quale resiste agli effetti soffocanti dei social network. La rivoluzione è nell'aria.

Tuttavia non è soltanto il tema ecologico (o in effetti quello nazionale) a definire le nostre storie. Di certo, le autrici e gli autori sono influenzati da prospettive esterne e, forse più qui che in altrove, a causa della scarsità di opportunità editoriali, assimilano tematiche e stili provenienti soprattutto dal mondo anglosassone. Questo spesso non porta a storie straordinariamente "olandesi", tuttavia ci sono alcune gemme là fuori che non starebbero male in questa raccolta.

"Viaggio verso casa" di Johan Klein Haneveld è una chicca ispirata all'Età dell'Oro, dove tre alieni, raccoglitori di dati senza scrupoli, ricreano l'illusione della Terra contemporanea per attirare verso casa una nave spaziale senziente e tecnologicamente avanzata. In "Sotto le stelle" di Sophia Drenth ci imbattiamo negli amanti intergalattici Beer e Veder: l'uno è un intrepido esploratore del mondo esterno alla ricerca di un rifugio idilliaco, l'altro è il suo radioricevitore vivente, che si strugge senza sosta a causa della sua cotta fuori portata.

Spero che possiate apprezzare questo spaccato della migliore e più interessante (eco)fantascienza che i Paesi Bassi possono offrire. Siamo tutti coinvolti, quindi immaginiamo una via d'uscita comune.

Roderick Leeuwenhart, maggio 2024

La città sommersa

di Bo Balder

traduzione di Francesco Verso

Bo Balder vive e lavora vicino ad Amsterdam. Bo è la prima autrice olandese ad essere stata pubblicata su F&SF, Clarkesworld, Analog e altre riviste. Il suo romanzo The Wan *è stato pubblicato da Pink Narcissus Press. Le sue storie trattano spesso temi rilevanti come i cambiamenti climatici, i viaggi nello spazio e l'intelligenza artificiale. Per saperne di più sul suo lavoro, potete visitare il sito web: www.boukjebalder.nl/bibliography oppure trovarla su Facebook o Twitter.*

Il treno proveniente da New Sydney svoltò sul lungo ponte che collegava la terraferma dell'Australia occidentale all'isola di New Amsterdam. Jones aprì il finestrino dello scompartimento per vedere meglio e annusare l'aria di mare. Dopo due giorni di viaggio attraverso deserti e foreste di eucalipti, questa era la sua prima vista alla città ricostruita.

Il treno entrò in una stazione ferroviaria di mattoni rossi. Alte arcate sovrastavano le porte ornate da piastrelle gialle e cartelli in una lingua straniera. Sapeva che doveva essere olandese, ma l'aveva parlato solo da bambina e aveva imparato a leggere e a scrivere in maniera corretta solo dopo essere emigrata in Australia.

Le era stato chiesto di dirigere il gruppo di valutazione di un grande progetto proposto dagli olandesi, un'estensione di quella città già creata nell'oceano. Un incarico prestigioso, che avrebbe consolidato la sua crescente reputazione da "crisis manager" e risolutrice di problemi. Il suo compito consisteva nel fermare il progetto, che rischiava di consumare di più della propria quota di risorse. Aveva letto cosa era successo ai poveri europei. Alcuni paesi avevano perso così tanti territori costieri a causa dell'innalzamento del livello del mare da essere ridotti alla metà, come l'Olanda.

L'Australia aveva offerto agli sfollati olandesi un pezzo di Australia come alternativa al trasferimento nei paesi limitrofi europei. E ciò perché l'Australia aveva bisogno di gente dopo la Grande Moria, e molti olandesi non volevano diventare tedeschi o belgi, per ragioni patriottiche che Jones non aveva ben compreso.

Lei avrebbe fatto visita a persone che si erano aggrappate così tanto alla loro vecchia cultura da strappare nuove terre al mare, come pare avessero fatto per secoli, solo che adesso si trovavano nelle calde acque costiere appena al largo di Capo Le Grand.

Jones era stata incaricata di valutare e, con ogni probabilità, bloccare il progetto. Le sue radici olandesi, per quanto poco profonde, avevano giocato un ruolo nella sua selezione. Tutto ciò che conosceva di quella parte del suo retaggio erano le poche foto sbiadite che suo nonno le aveva mostrato a malincuore da sobrio.

Scesa dal treno e lasciata la stazione, l'aria odorava di sale e di vecchie pietre. Non era stato possibile, né consentito, ricreare il clima temperato dell'Europa occidentale della vecchia Amsterdam, ma aveva visto alcune foto della città vecchia, e gli alberi sembravano proprio gli stessi, anche se dovevano essere specie autoctone ingegnerizzate.

Avrebbe provato a tenersi i giudizi per sé. Davvero, l'avrebbe fatto. E tuttavia... Non l'avreste mai vista ricostruire la raffineria di plastica in decomposizione nel Pacific Gyre dove lei era cresciuta, mai. Perché aggrapparsi al passato?

Stava per attraversare un ampio ponte su un canale, il suo sguardo venne catturato dalle barchette bianche rivestite di vetro che galleggiavano all'àncora, quando si sentì chiamare. "Signora de Vries! Signora De Vries!"

Un uomo stava cercando di raggiungerla tra la folla, tenendo in mano un grosso cartello bianco con su scritto JONES DE VRIES.

Arrivò e le tese la mano. "Aalt de Vries, *aangenaam*."

Jones ricambiò e rispose in inglese. "Jones, anche io de Vries, piacere mio. Mi spiace, il mio olandese è un po' arrugginito."

"Nessun problema. Devo dire che sembri molto olandese. Ti troverai bene con le tue gambe lunghe e i capelli biondi."

"Pensavo che gli olandesi fossero bianchi," disse Jones. La sua pelle dorata spiccava subito, come non succedeva a New Sydney.

"Certo, all'inizio," disse Aalt. "Ma guarda me, sono almeno mezzo coreano."

"E una delle mie nonne era indonesiana," disse Jones. Sorrise ad Aalt. Le sembrava familiare, nonostante l'accento e gli abiti formali.

Per ora, si stava godendo la passeggiata sul Damrak. Era identico alle vecchie foto viste sul treno. I palazzi che lo fiancheggiavano sembravano appartenere a una gamma molto varia di stili edilizi ed epoche di provenienza. S'immaginava che le città crescessero così, aggiungendo una casa alla volta.

New Sydney era l'unica città che conosceva bene e non somigliava affatto a questa, a parte forse qualche edificio nel centro storico. New Amsterdam aveva l'aspetto delle città prima dell'Annegamento e delle epidemie. La gente non costruiva più in modo così stravagante per uso privato. Da decenni la vita in comune era in aumento.

Una nebbiolina sottile le piovigginò sul viso. Era piuttosto piacevole.

"Come fa a piovere qui? Su questa costa non piove quasi mai, vero?"

"Il riscaldamento globale ha cambiato tutti i sistemi meteorologici, quindi pensiamo che questa regione dell'Australia finirà per essere una foresta pluviale tra un paio di secoli. Ma il cambiamento non è ancora così avanzato da poterci contare. Abbiamo creato un sistema di irrigazione. È troppo rischioso interferire con le nuvole vere."

"Dove stiamo andando?" chiese ad Aalt.

"A Palazzo, a incontrare i responsabili di progetto per una presentazione."

"Palazzo? Come quello di un re o una regina?"

Il volto di Aalt s'irrigidì. "Una volta lo era. Ma sono rimasti nel vecchio paese."

Jones si sorprese. "Mi spiace, mi rendo conto di conoscere poco i Paesi Bassi. So che avete dovuto abbandonare metà paese a causa dell'innalzamento del livello del mare e che avete creato nuove terre in mare. Dimmi di più su come è successo e se questi edifici sono copie o reali?"

Le spalle di Aalt si rilassarono. Mentre lui le raccontava di quel progetto gigantesco, Jones osservava i frontoni pittoreschi, i vecchi mattoni irregolari e la gente a passeggio. Per altezza e corporatura le ricordavano se stessa, anche se non era mai stata in un posto dove i bianchi costituivano una percentuale così alta della popolazione. I volti bianchi e i capelli biondi erano ovunque. Davvero strano.

"Bisogna capire il contraccolpo psicologico di perdere la propria città natale, la propria provincia e metà del proprio Paese. Donare questa località è stato naturalmente un gesto meraviglioso da parte del governo australiano, ma credo che se non avessimo iniziato a modellarla a immagine dei Paesi

Bassi, avremmo assistito a parecchi casi di depressione e suicidio. Questo progetto ha dato alla gente una ragione per resistere, per continuare a vivere, costruire e sognare."

Essere senza terra, perduti e disperati, sapeva cosa si provava. Aveva odiato la vita a bordo della fabbrica di plastica galleggiante ed era partita per l'Australia appena possibile. "Da dove veniva la tua gente, nel vecchio paese?" Chiese Aalt. "Esiste ancora?"

Jones scosse la testa. "No, eravamo del Nord, credo, una città di pescatori. Credo sia per questo che mio nonno era sempre così arrabbiato. È tutto sparito."

Aalt mise una mano sul braccio di Jones. "Se sai il nome, potremmo andare a vederlo."

Era gentile da parte sua. Jones si scervellò. Non era sicura di riuscire a trovare queste informazioni in rete, dato che suo nonno aveva vissuto in modo disordinato, senza nulla di automatizzato, a parte il telefono e il frigo. "Credo, Hark? Harbinger?"

"Forse Harlingen?" Aalt lo pronunciò proprio come faceva suo nonno.

"Sì! L'avete ricreato?"

"No, anche se ci piacerebbe molto. Per questo tu sei qui. Harlingen è una splendida città. Ma possiamo farti visitare la nostra riproduzione virtuale."

"Certo, mi piacerebbe molto."

Con un gesto, Aalt indicò un edificio grigio e massiccio, dall'aspetto antico. "Il Palazzo."

Jones guardò l'edificio gigantesco. Non era bello come le case in mattoni del canale. Anzi, sembrava un ufficio.

Entrarono attraverso porte di legno intagliato. Jones non riuscì a trattenersi. "È legno vero?" Era pronta a scandalizzarsi per l'uso del tessuto polmonare del mondo. Le foreste e le giungle del pianeta non si erano ancora riprese dalla devastazione causata dall'abbattimento per mano dell'uomo, e dal riscaldamento globale.

"Sì, ma è legno antico. Non è meglio onorare il legno abbattuto in un'epoca meno fragile, piuttosto che non usarlo? Altrimenti che fine farebbe?"

Jones allungò la mano per toccarlo. Sembrava proprio legno stampato. Però lui aveva ragione. L'albero da cui era stato tagliato apparteneva a un'epoca ricca di alberi.

Dopo un breve tragitto in ascensore e alcuni corridoi stretti, Aalt la precedette in una grande sala riunioni. Attorno a un tavolo ovale, sedevano alcune persone alte e pallide in abiti formali. L'atmosfera era pesante e Jones cominciava a sentirsi poco vestita. Le temperature qui nell'Ovest non erano molto diverse da quelle di Sydney, ma tutti si vestivano come se fosse inverno. Maniche lunghe, pantaloni lunghi, scarpe chiuse. Qualcuno avrebbe dovuto informarla per tempo.

Il più anziano degli uomini incravattati si alzò e le porse la mano. Jones la strinse, quasi divertita. Le parlò in una lingua che all'inizio non riuscì a decifrare. Riconobbe solo il suo cognome, de Vries. Lo pronunciava come faceva suo nonno.

Con qualche secondo di ritardo, il significato delle parole mormorate affiorò dalla memoria profonda. Aveva appena detto "piacere di conoscerla". Avrebbe potuto intuirlo anche senza conoscere l'olandese parlato.

"Goedemorgen," disse Jones, i suoni gutturali aspri tornarono con una certa difficoltà. Le sembrava di schiarirsi la gola. Ma era abbastanza sicura che questo fosse il massimo del suo olandese formale. Forse sarebbe stata ancora in grado di sostenere una conversazione sulla pesca o sulla raffinazione della plastica, ma questo era quanto.

"Mi spiace, il mio olandese è troppo arrugginito per una riunione di lavoro, lo parlavo solo ogni tanto, da piccola."

"Ci era stato assicurato un rappresentante di lingua olandese e di origine olandese," disse il presidente, il cui accento appiattiva le parole.

Intervenne un altro uomo. "Non è così importante, Verhagen, possiamo dirglielo in inglese."

Jones rimase impassibile. Potevano parlare di lei quanto volevano, non le importava. La sua esperienza come ambasciatrice l'aveva resa per lo più immune alla maleducazione; di solito si trattava di differenze culturali.

Verhagen si rivolse di nuovo a Jones. "Si accomodi, *mevrouw* de Vries."

Jones si sedette e sfoderò il suo sorriso più amichevole. "Grazie, *meneer* Verhagen. Mi parli della proposta."

Jones ascoltò solo in parte la loro elaborata proposta, completa di modellini dell'espansione di Nuova Amsterdam. La sua camera oculare avrebbe comunque registrato tutto. Era più importante cogliere l'atmosfera emotiva della stanza, capirne la tensione interna, le speranze e le ansie taciute.

Perché si aggrappavano tanto alla gloria del passato? Cosa c'era di sbagliato nelle città australiane che esistevano già?

La vecchia Amsterdam era stata una città splendida, e Jones era sicura che i millenni di storia della campagna olandese fossero stati una perdita. Ma sembrava uno spreco e troppo permissivo cercare di farne una copia letterale. A quale scopo?

Dopo la presentazione, gli olandesi organizzarono una cena per il gruppo di valutazione. Jones si aspettava il solito riso e fagioli con qualche verdura coltivata in loco, invece la cena sembrava importata direttamente da un libro di storia. Pane, mele, pere e frutti da clima temperato mai mangiati prima.

I camerieri servirono una portata su un grande piatto con un coperchio d'argento a cupola. Jones ebbe un brivido di paura. Di certo non le avrebbero offerto della carne? Aveva sentito dire che l'orribile abitudine di mangiare carne era diffusa tra questi ex europei, e lei si sarebbe ritrovata in un bel pasticcio. O avrebbe offeso i suoi ospiti rifiutando il piatto, o si sarebbe sentita malissimo nel mangiare mammiferi morti.

Il coperchio si sollevò, svelando una torta di verdure finemente realizzata.

Jones tirò un respiro di sollievo.

"Cosa pensavi che fosse?" disse il suo vicino, uno dei membri olandesi del progetto.

Non offendere il tuo ospite, si disse Jones. Sorrise come meglio poté. "Di solito a New Sydney questo tipo di cibo non c'è. Non ero sicura che mi sarebbe piaciuto."

Le sopracciglia del ragazzo si sollevarono. "Questo tipo di cosa, la carne? Sappiamo che siete tutti vegetariani."

"Sta insinuando che voi non lo siete?"

Lui fece un'alzata di spalle ambigua alla europea. "Siamo aperti a tutti i tipi di cibo."

Jones non ne voleva sapere. Uccidere altre creature era primitivo, ripugnante, e mantenerle faceva male al clima. Avrebbe voluto che l'avessero fatta sedere accanto ad Aalt, con cui sembrava più facile andare d'accordo.

Il giovane, che era molto attraente, continuava a farle domande, a sorridere troppo e a rimanere turbato dalle sue risposte, che in apparenza non erano quelle che si aspettava. "Come può dire che l'ambiente marino è più importante di centinaia di migliaia di persone!"

"Ci sto ancora riflettendo," disse Jones e prese un grosso pezzo di cibo per evitare che lui potesse insistere ancora.

Jones si voltò verso la vicina di destra, una donna anziana in abito lungo e camicetta a collo alto. La donna la fissò. "Spero che il governo australiano si renda conto dell'importanza della ricostruzione di Amsterdam per gli olandesi."

Jones sorrise e le fece i complimenti per il gusto autentico delle aringhe crude olandesi.

Dopo il dessert, Aalt si avvicinò a Jones. "Se è ancora interessata, può fare subito quel tour virtuale di Harlingen."

Jones colse al volo l'occasione di lasciare l'atmosfera tesa della sala da pranzo.

Troppa gente sperava che votasse a favore del progetto, o temeva che non lo facesse. La solitudine era proprio ciò di cui aveva bisogno, anche se virtuale.

Jones si allacciò la cintura dell'impianto di Realtà Virtuale del Palazzo, chiuse gli occhi e si abbandonò alla simulazione.

Un treno attraversava una campagna ordinata e di colore verde brillante. Mucche bianche e nere pascolavano beate sui prati squadrati col righello. Jones le esaminò. Davvero gli olandesi avevano allevato così tanto bestiame, spargendo CO2 e metano come se non ci fosse un domani? Era proprio così. Ma nel progetto, gli olandesi avevano promesso che le mucche sarebbero state olografiche.

Il treno attraversò piccoli villaggi deliziosi, prati verdi e alcune macchie di spazio bianco ancora non sviluppato.

Due ore e mezza dopo, in tempo soggettivo, scese su un binario ventoso.

A parte un vecchio burbero che fingeva di non parlare inglese, Harlingen sembrava deserta. Forse dovevano tutti essere fuori a lavoro, o forse non avevano ancora popolato la simulazione. Jones seguì le indicazioni del suo *interfono* attraverso strade strette e acciottolate. Sbirciò all'interno di una delle case giocattolo per vedere se era abitata, ma le tendine e le file di piante le impedirono di vedere dentro.

Solo dieci minuti di cammino la separavano dal mare.

Si mise a guardarlo. Sembrava mare vero, aveva l'odore di mare vero, solo che era di un colore grigio verde più scuro delle invitanti acque blu di Sydney. Somigliava di più al Pacifico settentrionale. Trovò delle scale che portavano proprio in riva al mare e ci immerse la mano. Già. Una buona simulazione, forse un po' calda, non così gelida come sembrava.

Qualcuno tossì. Scoprì un uomo vestito in modo strano che le stava accanto. Indossava pantaloni larghi di lana, un maglione stretto e rattoppato e un berretto di lana blu scuro, d'aspetto molto autentico e poco lusinghiero. Si tolse il berretto e si asciugò il sudore dai capelli biondi brizzolati. Il suo viso le ricordava i tratti allungati e severi del nonno e gli occhi chiari e stretti.

"Sei una persona vera?" chiese.

"Sono Aalt."

"Ciao! Ti sembra il vero Mare del Nord?"

Sputò qualcosa di orribile e marrone scuro. "Abbastanza reale. L'odore avrebbe bisogno di un po' di aggiustamento, ma non vogliono scoraggiare i visitatori."

Jones si stropicciò il naso. Se l'odore di alghe marce fosse stato ancora più forte, si sarebbe risvegliata dalla simulazione con un rantolo. "Come farete a renderlo reale se otterrete i finanziamenti?"

"Creeremo nuove dighe e riempiremo il terreno: li chiamiamo polder. Metteremo un muro ad anello nell'oceano, che dipingeremo e copriremo con proiezioni olografiche. Effetti sonori, onde, tutto il baraccone."

"È una follia. Pensate a quanta l'energia dovrete usare! E il mare qui a me sembra proprio bello."

Lui scrollò le spalle. "Non è il Mare del Nord. E sarà energia solare, non c'è da preoccuparsi. Non bruceremo carbone o altro. È questo l'aspetto che avrebbe nella realtà."

Le onde si erano attenuate. Il mare divenne meno rumoroso e qualcosa all'orizzonte tremolò. Adesso Jones poteva vedere i muri di contenimento. La vernice grigio-blu era carina, ma il cielo australiano blu brillante dietro rovinava un po' l'effetto.

"Mi sembra comunque uno spreco."

"Scommetto che sei stata cresciuta da olandesi!"

"Ti ho detto che mio nonno era di Harlingen."

"Benvenuta a casa, allora. Come si chiamava?"

"Sieuwert de Vries."

Il suo sorriso si allargò. "È anche il cognome di mio nonno."

"È un nome raro?" Chiese Jones. "Siamo parenti?"

In un certo senso voleva che lo fosse.

"Penso di sì. Mio nonno si chiamava Jacob e suo fratello Sieuwert."

Il cuore di Jones ebbe un sussulto. "Ma che... siamo davvero cugini?"

"Credo di sì. Ehi, cugina Jones!"

Sembrava proprio suo nonno adesso. Non suo padre, che aveva preso dalla parte indonesiana, quella di sua nonna. Ma no, lei aveva visto il vero volto di Aalt, il viso mezzo asiatico. Questa era una simulazione.

Più guardava Aalt, il cugino appena ritrovato, e più si sentiva strana. Un po' stordita e con un curioso groppo in gola. Meglio distrarsi e guardare il mare finto.

"Dimmi... sul serio, perché volete farlo? Perché gli olandesi non possono semplicemente emigrare e diventare australiani come tutti gli altri?"

Cugino Aalt assunse un'espressione seria. "Non è un capriccio, Jones. Non è un gioco per gente pigra e indolente. Teniamo davvero alla nostra eredità culturale. Ci ha plasmato. Siamo ciò che siamo a causa del clima in cui siamo cresciuti, a causa del paesaggio. Ti faccio vedere."

Si allontanarono dal mare.

"D'accordo, ma allora perché emigrare in questo pezzo di Australia, arido e rovente, invece di restare vicino alle vostre radici? Che c'è di male nei Paesi Bassi orientali o in Germania?"

"Abbiamo divergenze di opinioni con loro."

Jones rise. "Pensano anche loro che sia un piano stupido? Sembrano il mio genere di persone."

Cugino Aalt si fermò davanti a un grande edificio basso in mattoni. "Questa è la mia scuola elementare. Vedi quel canale? È dove i nostri nonni andavano a pattinare dalla fattoria a scuola in inverno. Ai miei tempi, il riscaldamento globale lo aveva reso impossibile. Ma comunque il canale era lì."

"Quindi anche mio nonno andava a scuola qui?"

"Esatto."

Jones si avvicinò a una delle finestre e sbirciò dentro. Sembrava un modo terribile di rinchiudere i bambini, seduti in fila a fissare la lavagna. Jones non era sicura che dei metodi educativi così obsoleti meritassero di essere reintrodotti.

"Sali sulla barca," le disse cugino Aalt. Si girò e lo trovò in piedi su una barchetta a fondo piatto, con una canna in mano.

A Jones non piaceva l'acqua, non gli era mai piaciuta, fin da quando aveva rischiato di annegare nell'agitato Pacifico settentrionale in pieno inverno, ma questo non era solo un canale liscio come il vetro, una simulazione.

"Va bene."

"Ti porterò alla fattoria di famiglia del nonno."

"Ma non era un pescatore?"

"No. I figli minori si dedicarono alla pesca, il maggiore alla fattoria. Lui era il più anziano. Credo che sia fallita e che lui abbia dovuto trovare un'occupazione nella raffineria di plastica."

Cugino Aalt li guidò oltre il canale, attraverso verdi pascoli pianeggianti con mucche simulate. Le case coloniche dai tetti rossi sembravano basse e incredibilmente pittoresche.

"La gente viveva davvero lì?" Chiese Jones.

"Sì, davvero."

Jones era cresciuta in una fabbrica di plastica, dove non si prestava nessuna attenzione alla bellezza, e aveva vissuto a New Sydney, dove il clima era mite e soleggiato tutto l'anno e la gente costruiva le proprie case ariose, in legno, con orti e giardini per ottenere riso e fagioli.

"A cosa serve tutto questo spazio? Sembra così vuoto."

"Per le mucche soprattutto, per il loro latte. E poi per grano, mais, avena, patate."

Cose che Jones non aveva mai visto né mangiato in vita sua, fino al pranzo di oggi. Cibi da clima temperato, cibi del XX secolo, che non potevano più essere coltivati nel mondo attuale, caldo e umido.

"Entriamo." Scesero dalla barca e attraversarono il cortile.

Jones seguì Aalt. La porta si apriva in un corridoio minuscolo, che aveva senso in un clima più fresco, per trattenere il calore di casa. C'era un odore strano, di muffa, lana, fango, animali, persone.

Aalt le fece cenno di entrare in cucina. Tutto sembrava così antiquato. Sì, c'era un frigo, ma non aveva un display, né schermi, né una stampante alimentare. Però, c'era molto spazio per cucinare, tagliare e conservare gli alimenti.

Passarono in un salotto, con un caminetto rustico rivestito di piastrelle. Sulla mensola del camino c'era una fila di quadretti.

Jones si chinò in avanti per studiarli, combattendo l'impulso di ingrandirle con un colpetto delle dita. Voleva continuare a fingere che non si trattasse di una simulazione. Riconobbe i volti delle persone nella foto. Non solo suo nonno, ma anche suo fratello e suo padre, si somigliavano tutti quanti. A dire il vero, somigliavano al volto che vedeva allo specchio ogni mattina, se si escludeva il colore della pelle, le palpebre piegate e i riccioli dei capelli. Sembravano una famiglia.

Le guance le bruciavano. Gli occhi le pungevano. Distolse lo sguardo da Aalt per nascondere l'emozione. Per l'amor di Dio, perché era rimasta così colpita? Sapeva che il progetto stava cercando di coinvolgerla.

"Per la cronaca, mi dà fastidio essere manipolata in modo così palese. Mostrarmi le mie radici per farmi votare per voi." La rabbia l'aiutava a mettere da parte le emozioni.

Cugino Aalt, che si sentiva suo cugino anche se forse non lo era davvero, fece una smorfia di scusa. "Mi spiace. Ma funziona?"

"Che ne pensi? È tutto quanto bello e via dicendo, ma non mi fa cambiare idea. Neanche tu sei il mio vero cugino!"

Il suo volto si rabbuiò. Si aspettava davvero che funzionasse.

"Torniamo a New Amsterdam," disse Jones. "Non ho intenzione di farmi convincere ancora di più."

La sua mano si spostò sul pulsante di uscita dietro l'orecchio.

Il vero Aalt si alzò dalla sedia mentre lei usciva dal centro simulazione. Non c'era tempo di aspettare l'ascensore, scese le scale e uscì: aveva bisogno d'aria fresca.

Fuori dal Palazzo, prese la prima strada a destra, una via stretta e curva, circondata da edifici dall'aspetto antico con negozi al piano terra. Aveva lo stomaco in subbuglio per l'agitazione. Cercò di dare un nome a quelle emozioni, come le aveva insegnato la terapia obbligatoria per l'immigrazione.

Rabbia, di sicuro. Per aver riportato alla luce la vita di suo nonno, nel tentativo di scuoterla. Per la realtà della vita triste e incasinata di suo nonno, che a sua volta aveva rovinato quella del proprio figlio e di sua nipote. Questo aveva spinto Jones a scappare il più lontano possibile dalla raffineria di plastica, e ora si rendeva conto di aver appena riprodotto la fuga di suo nonno dalla fattoria dei suoi genitori.

Un grande schermo tremolò alla sua sinistra. Si fermò a guardarlo: pareva mostrare l'edificio a cui lo schermo era attaccato, solo sfocato e grigio. Oppure no, era sott'acqua, le rovine dell'edificio lì presente, che però doveva essere una copia. E quella era una webcam connessa allo stesso edificio che ora si trovava sotto le onde del Mare del Nord, semisepolto dal limo e da altri detriti. Jones rimase immobile a guardare le alghe che ondeggiavano e un branco di piccoli pesci grigi che sfarfallavano.

Doveva essere questo l'aspetto della vera fattoria di suo nonno: sepolta, allagata, crollata. Sparita, per sempre. Le lacrime le bruciarono gli occhi.

Non riuscì più a guardare lo schermo e si voltò. Più della metà degli edifici sulla strada aveva schermi simili. Alcuni ne erano sprovvisti. Dovevano essere i vecchi edifici reali, per qualche motivo i migliori rimasti intatti, che erano stati impacchettati e trasportati qui, a mezzo mondo di distanza.

Allungò una mano e toccò una colonna di mattoni ornamentali: sembravano irregolari, fatti a mano. Quindi, in passato, un muratore aveva cotto il mattone e un altro l'aveva preso da una pila e fissato con la malta. La gente era vissuta in questo edificio, c'era morta, e aveva partorito qui i propri figli.

Era reale. La consistenza ruvida del mattone contro la sua mano era reale.

Desiderava con tutto il cuore di poter toccare i mattoni della vecchia casa di suo nonno. O avere una delle sue vecchie foto. O che qualcuno dei suoi familiari fosse ancora vivo, per poterli chiamare e sentire la loro voce.

"Tutto bene, signora?" disse una voce alle sue spalle.

Jones trasalì e si asciugò il viso. "Sì, grazie."

Si voltò e iniziò a camminare verso il palazzo.

Suo nonno avrebbe potuto camminare su queste stesse pietre. Ogni ciottolo, ogni semaforo in disuso la fece piangere e tacere. Camminare dove avevano camminato i suoi antenati; toccare una pietra che avevano intagliato con le loro stesse mani morte da tempo.

Avrebbe sostenuto il progetto olandese di preservazione del patrimonio.

Non poteva negare a nessuno questa esperienza.

San Disma e il dolore dei granchi pelosi

di Tais Teng

traduzione di Francesco Verso

Tais Teng (1952) è uno scrittore di fantascienza, illustratore, poeta e scultore olandese. Gravato dal nome piuttosto impronunciabile di Thijs van Ebbenhorst Tengbergen, lo ha accorciato in Tais Teng per lasciare spazio a navi spaziali esplosive o astute signore steampunk sulle copertine dei suoi romanzi. Tais è uno dei fondatori del ziltpunk: narrativa climatica ottimistica ambientata in un futuro decisamente olandese, con dighe alte miglia, pastori di uragani e isole di mangrovie di fronte alla costa. Un suo recente romanzo di fantascienza Phaedra: Alastor 824, *è ambientato nell'universo narrativo di Jack Vance. Come scultore, vorrebbe tanto un cannone laser di Star Wars per scolpire montagne o una delle lune minori di Giove. Visitate il suo sito web su: taisteng.atspace.com*

La casa di Jorred vantava non meno di tre piani e un bellissimo tetto a capanna che assorbiva la luce del sole di giorno, e illuminava il lampadario del salotto di notte. Le pareti erano stampate con strati di diamante nero e forse avrebbero resistito per il prossimo milione di anni. Purtroppo, la casa si trovava anche nel bel mezzo delle distese di fango, al di là delle isole Utrechtse Heuvelrug: ogni volta che si alzava la marea, lui e gli zii dovevano scappare su per le scale fino in soffitta e barricare la porta contro polpi giganti o lontre curiose.

Sua nipote Mathilda era fortunata: il suo letto era già in soffitta.

Con la bassa marea, scesero di nuovo. Era compito di Jorred frugare sotto il divano con una scopa e cacciare le aragoste rimaste. Poi, fu la volta degli armadietti sotto il lavandino: era il nascondiglio preferito di quelle stelle marine viola e blu con gli aculei velenosi.

Il giorno del sesto compleanno di Jorred, suo zio fu chiamato per la quarta volta a prestare servizio contro i granchi. I granchi di due metri di larghezza scavavano sotto le dighe e i soldati di leva dovevano respingerli coi lanciafiamme.

I granchi pelosi erano stati un'arma biologica nella seconda guerra anglo-polacca, grazie alle chele organiche di diamante con cui potevano aprire senza sforzo una cisterna.

"Accendi una candela per me," disse lo zio mentre saliva sul gommone che lo avrebbe portato al traghetto. "E prega per me."

"Lo farò," promise Jorred. "Ma a quale santo di preciso?"

"San Disma. Gli infedeli lo legarono alla catena di un'ancora e lo gettarono tra le onde. Tre giorni dopo, un gigantesco granchio dalla muffola d'oro riportò la sua mano sinistra sulla spiaggia e fece a pezzi tutti quegli sporchi pagani."

"San Disma," annuì Jorred.

"Henk, non prendere in giro quel ragazzo!" lo rimproverò la zia. "San Disma non esiste. Non più di Babbo Natale."

Tuttavia, Jorred esitò prima di accendere una candela nella vecchia cappella che si asciugava solo con la marea di Pasqua. Maria, la Stella di Mare e il Soccorso dei Pescatori, era sempre una buona scelta, ma cosa ne sapevano le donne dei santi dei granchi?

Avvicinò l'accendino allo stoppino e la candela si accese con un'intensa fiamma blu. Una cosa che nessuna candela aveva mai fatto prima. Un segno!

"San Disma," pregò, "tieni le chele dei granchi lontano da mio zio. Digli che hanno già raccolto abbastanza membra."

Inclinò la testa, ma sentì solo un gocciolio costante: l'acqua che cadeva dai cirripedi flosci sul soffitto.

Dopo tre mesi, andarono a prendere lo zio Henk: aveva un aspetto un po' smunto ma abbastanza in forma. La sua pancia, la sua punta d'ebano, come l'aveva chiamata in modo indulgente, era sparita. Il pollice e l'indice della mano destra brillavano: vetro d'armatura nuovo di zecca. Alzò la mano e fece una O per mostrare quanto fossero flessibili le sue nuove dita.

"Spero che quel granchio si strozzi," disse lo zio, "anche se a dire il vero è un miglioramento." Ridacchiò. "Se Jasper della pescheria mi darà mai un'altra stretta di mano da far scrocchiare le ossa, saranno le dita di Jasper a scricchiolare e poi a gonfiarsi come wurstel viola."

"Non pensarci proprio, Henk!" disse la zia. In ogni caso non sembrava un'espressione di rimprovero, bensì di ammirazione.

Durante il viaggio di ritorno, il traghetto passò davanti ad Amersfoort. La maggior parte della città vecchia era, ovviamente, sommersa, ma al centro sorgeva un'isola con ville bianche. Lo zio salutò le colline verdi. "Quello è l'Amersfoortse Berg. Dove vivono i ricchi."

Jorred si rivolse allo zio. "Non credo che quelle case andranno mai in rovina. Non devono rifugiarsi in soffitta con l'alta marea." Annuì. "O sedersi sul tetto durante le inondazioni autunnali."

"Che vuoi dire?" chiese lo zio.

"Che non è giusto!"

"La loro pelle è nera," spiegò la nipote. "Nera come fuliggine." Mathilda aveva quattro anni in più e sapeva come funzionava il mondo. "Loro sono ricchi e noi siamo rifugiati."

"Dovremmo essere felici che hanno stampato una casa per noi," disse la zia. "Naturalmente non era possibile sul lato costoso delle dighe marine, per questo si trova sulle distese di fango. Qui la terra costa meno."

"Comunque, non è giusto!"

A quindici anni, Jorred ricevette la chiamata per prestare servizio contro i granchi. Siska lo abbracciò e lo baciò. "Non fare niente di pericoloso," gli disse. "Voglio che torni con tutte le braccia e le gambe."

Jorred alzò le spalle. "Se succede qualcosa, avrò un arto migliore."

"Ci sono parti che non possono essere sostituite," disse Siska arrossendo.

La maggior parte dei cacciatori di granchi si rivelò essere un veterano, con all'attivo anche tre o quattro missioni. Jorred e un ragazzo Hinji erano gli unici novellini.

Jorred pensò che il caposquadra fosse polacco, con quella testa pelata e la barba lunga fino alla vita.

"Cibo per granchi," sbuffò il caposquadra. Si rivolse agli altri uomini. "Quei giovanastri saranno utili solo alla terza chiamata."

"Conosco i granchi," protestò Jorred. "Quando c'è la marea, devo sempre infilare la scopa sotto il divano e cacciare le aragoste da casa nostra."

Il caposquadra emise un ruggito davvero epico. "Ah, un comune spingitore di aragoste! Bene, ecco quello che faremo. Tu e Singh, qui, siete promossi a spingitori di granchi di prima classe." Sollevò due barre di ferro dalla rastrelliera accanto al vano caldaie e ne infilò una nelle mani di ciascuno dei ragazzi. Jorred vide che terminavano con dei ganci feroci.

"Ascoltatemi bene, d'accordo? Perché ve lo dirò una volta sola."

"Sì, signore," disse il ragazzo che apparentemente si chiamava Singh.

"C'è la bassa marea e si può vedere la diga laggiù. D'accordo?"

"Esatto, signore."

"Appena sotto la linea di galleggiamento si vedono quei buchi tondi. Sono gli ingressi delle grotte. Voi strisciate fin lì. Meglio se in silenzio come topi, e quando arrivate su un buco, punzecchiate col bastone. Poi correte più veloce che potete."

Jorred si accigliò. "Perché poi esce un granchio furioso?"

"Un granchio furioso, divoratore di uomini. In realtà si mangiano anche tra di loro, ma tu sei bello e morbido un po' dappertutto. Senza scudo, né tenaglie."

"Noi vi staremo vicini," aggiunse l'uomo col cappello da cowboy. "Coi lanciafiamme. A sinistra della grotta, in modo che possiate sempre buttarvi sulla destra. Stasera vogliamo il granchio arrosto."

"Ma non c'è niente di male nemmeno coi ragazzi arrosto!" urlò un omino magro coi baffi cadenti. Tutti si misero a urlare dalle risate. Jarred non riusciva a capire lo scherzo. Forse era divertente solo se avevi fatto qualche missione?

"Qualcuno sa leggere la sua targhetta?" chiese il caposquadra.

"È un po' bruciacchiata," disse l'uomo col lanciafiamme. "Gli ho detto di correre a destra." Scosse la testa. "E adesso c'è rimasto solo uno spingi-granchi. Davvero utile."

"Oh," fece il caposquadra. "Penso che questo spingi-granchi starà molto più attento."

E questo era Jorred, ovviamente. Il bello era che, all'improvviso, faceva parte dell'equipaggio. Come se ci fosse stato bisogno di un sacrificio per trasformarli in un vero gruppo. Un sacrificio umano.

Oleg, che alla fine si rivelò non essere polacco ma cosacco purosangue, raccontò a Jorred la leggenda di San Disma. La luna pendeva sulle distese di fango; le stelle brillavano nei quattro punti in cui le comete avevano appena colpito.

"Non si è fermato a quella mano, mia Yoroeschka. Oh no! I granchi si sono pentiti di aver ucciso un uomo così santo. Nel corso degli anni raccolgono tutti i pezzi del santo, ogni pelo della barba e ogni osso delle nocche. Incastrano tutto e quando trovano l'ultima unghia del piede risalgono a nuoto l'Elba, curva dopo curva, fino ad arrivare a Praga."

"A Praga?" Chiese Jorred. "Che c'è a Praga? Qualche monastero di santi?"

"Beh, a Praga vive il rabbino Low. Può riportare in vita i morti. Può persino plasmare persone vive dall'argilla. Proprio come il nostro caro Dio e...".

"Anguille!" Uno degli uomini passò la lampada sui campi di fango. "Un intero branco di anguille da caccia!"

Jarred, purtroppo, non sentì il resto della storia. Una delle anguille si avvolse intorno a Oleg e gli incrinò tutte le costole, fermandogli il cuore. La cosa sarebbe stata gestibile, ma una seconda anguilla staccò la testa del cosacco e si tuffò, testa e tutto, in un torrente. I guaritori kenioti sono abili, ma senza testa possono fare ben poco.

Era sera quando il traghetto passò davanti all'Amersfoortse Berg: le finestre galleggiavano come rettangoli gialli nel buio. Un giallo caldo, che in qualche modo suggeriva ricchezza, un senso di sicurezza che non si curava del flusso e del riflusso.

I pugni di Jorred si strinsero in modo automatico. "Non è giusto," le vecchie parole gli riecheggiarono nella mente. Tirò indietro le spalle. *Un giorno vivrò lì. Guarderò le acque basse e saprò di essere un cittadino, un olandese, non importa quanto pallida sarà la mia pelle.*

L'Amersfoortse Berg sprofondò sotto l'orizzonte e rimase solo il buio. Tre comete attraversavano il cielo con la loro coda, senza dubbio dirette verso la luna.

"Sei tornato!" strillò Siska, e lo abbracciò, dandogli un bacio fragoroso.

"Sì," disse Jorred. "Del resto, i granchi non hanno apprezzato il mio sapore." La sua voce non si spezzava più e di certo era diventata così bassa come quella dello zio. Fece un passo indietro e guardò Siska. Non era cambiata affatto e questo era il problema.

Di colpo sembrava troppo giovane, una ragazzina, non una donna. Cosa sapeva del mondo, delle voci che mormoravano nei ruscelli a mezzanotte mentre il mare si svuotava all'orizzonte? Dei segreti che le zampe degli uccelli scrivevano nell'argilla e che venivano cancellati a ogni alluvione?

"Io... devo andare. Mi aspettano a casa."

Vide le lacrime affiorare nei suoi occhi, ma questo non significava nulla per lui. Niente.

Ogni rifugiato aveva accesso alla Wiki per un'ora al giorno. Si poteva migliorare la propria istruzione, giocare o fare domande stupide.

Jorred toccò lo schermo, parte integrante della parete del soggiorno.

Dal menu apparve il suo avatar, un cavalluccio marino con un cappello a cilindro e una mitragliatrice d'oro. *È così infantile*, pensò. *Devo cambiarlo.*

"È un po' che non ti vedo," disse l'avatar. "Dimmi cosa è successo, Jorred?"

"Ero sulle distese di fango, a scacciare granchi dalla diga."

"Buon per te. Ma volevi sapere qualcosa?"

"Raccontami tutto di San Disma."

"Ah, che bella leggenda! Non è molto popolare di questi tempi, però."

Jorred si sporse in avanti. Bene, almeno la Wiki aveva sentito parlare di San Disma. Esisteva. "Oleg ha detto che i granchi erano dispiaciuti di averlo fatto a pezzi?"

"Sì, San Disma e il dolore dei granchi pelosi. Grande simbolismo."

"È esistito davvero? No, voglio dire, come santo in cielo? Ovviamente so che è morto e che forse non ha nemmeno camminato sulla Terra. Non mi piace pregare un santo che non è mai andato oltre le favole."

"Gli dei, i demoni e i santi esistono per grazia della fede. Ogni preghiera e sacrificio sincero li rende un po' più reali. Una volta raggiunta la massa critica, possono manifestarsi e compiere miracoli."

"Aspetta! Quindi se prego abbastanza spesso, alla fine avrà la sua chiesa?"

"Pare che abbia già una cappella." Una mappa lampeggiò, zoomando su un santuario coperto di cozze. "Laggiù. Il santo si era quasi estinto finché un seguace non ha pronunciato il suo nome e acceso una candela. Il gesto l'ha riportato in vita."

"Riportato in vita?"

"È ancora pericolosamente in basso nell'indice degli esseri celestiali. Da qualche parte al 56.742esimo posto, appena sotto il Pitone Rosa che porta le noccioline zuccherate ai bravi bambini che finiscono tutto il piatto. E si trova, sì, a New Lagos."

"Questa cappella non è adatta a lui. Basta un'ondata di tempesta e le pietre si spargeranno lungo le distese di fango. Merita un santuario nella cattedrale."

"Allora ti suggerisco di fare qualcosa."

Mathilda gli strappò di mano il telecomando. "Sei stato lì abbastanza." Un clic e apparve la cantante Jorinda, che ondeggiava i fianchi e batteva le scarpette di cristallo.

"Va bene. Ne so a sufficienza."

Il campo profughi era composto da mille case di diamanti, con la cattedrale al centro. Almeno i copti, i tamil e i cattolici la chiamavano cattedrale, invece i sunniti e i gülisti parlavano di moschea di Ali, mentre i riformati thuggee insistevano sulla pagoda di Kali.

La Torre, chiamiamola soltanto Torre, per evitare strangolamenti con corde nel cuore della notte e serpentelli di mare velenosi dentro gli stivali, la Torre aveva non meno di diciotto ingressi, ognuno dei quali conduceva alla propria cappella.

Il diluvio non si è mai riversato nella Torre: I maghi della tecnologia keniota facevano indietreggiare l'acqua per paura. Con l'alta marea, si poteva vedere il mare alto sei metri in cerchio intorno agli ingressi. Per cui, quando arrivò Jorred, quel muro grigio-verde di acqua tremolante circondava anche la Torre.

Lui gettò un cappio sulla bitta e scese una scala di ferro. Per un attimo rimase indeciso, e alla fine, scelse l'ingresso della sinagoga. Oleg aveva parlato di un rabbino e di una stella esagonale come loro simbolo.

"Low," annuì il cantore mentre si accarezzava le ciocche laterali penzolanti. "Il rabbino Low è ancora popolare tra i miscredenti."

"Riporterà in vita San Disma," spiegò Jorred. "Non appena i granchi gli porteranno tutte le ossa."

Il cantore chiuse gli occhi e Jorred vide una luce blu tremolare dietro le sue palpebre. *Sta chiedendo alla Wiki.* Bene. A Jorred non piaceva la gente che pretendeva di sapere più di quanto avesse in testa.

"Sembra sia molto considerato anche da noi. San Disma salvò un cambiavalute ebreo dalle grinfie di un leone. Ora, so che i cristiani non amano i cambiavalute, ma che può fare un ebreo se non gli è permesso di esercitare nessun'altra professione?"

A Jorred quello sembrò un argomento convincente. "A un ebreo non è stato permesso neppure di diventare uno spingitore di granchi?"

"Neppure quello," gli assicurò il cantore. "Tornando all'argomento del vostro santo?"

"Vorrei dedicargli un santuario. Anche un'icona andrebbe bene."

"Abbiamo dei santi, ma non appendiamo i loro ritratti nella nostra sinagoga. Per questo dovresti andare dai nostri fratelli ortodossi, tre ingressi più in là. La Nuova Chiesa Riformata di Bisanzio."

"Oh."

"Niente panico. Mi piace bere un bicchiere di vino da messa col loro patriarca. Vieni con me."

"È fattibile." Il patriarca fece un cenno alla sua parete, che contava almeno cinquecento icone. "Come potete vedere, non facciamo discriminazioni."

"Anche tutti quegli altri ragazzi sono santi?" Disse Jorred. "San Disma sarà in buona compagnia."

"L'affitto per un posto sul muro è di due stellari al mese. Possiamo anche metterci sotto una brocca per i regali. La metà delle monete andrà alla nostra chiesa."

A Jorred parve il tipo di situazione vantaggiosa per tutti di cui parlava sempre la Wiki.

"Mi pare onesto."

Il patriarca pescò un'icona vuota dall'acquario e scaricò un'immagine di San Disma. Il santo apparve abbastanza intatto, a parte alcune dita mancanti. Su ogni spalla era accovacciato un granchio che aveva alzato una chela in segno di saluto.

Amarana, la bambina di dieci anni della porta accanto di Jorred, divenne la sua prima convertita. Osservò il ciondolo che Jorred le ha mostrato con evidente approvazione. Jorred ne aveva stampati due dozzine, in attesa dei fedeli. Un'icona per tutti era troppo costosa a una stella e mezza al pezzo, ma una scatola di ciondoli era accettabile.

Amarana era un po' un maschiaccio: una notte si era arrampicata sulla Cattedrale e aveva messo una zucca enorme sulla sua guglia. Nessuno poteva provarlo, ma tutti sapevano che era stata lei.

"Fantastico," disse la ragazza. "Un bel morso dalla sua mano e un gruppo di crudeli granchi a forbice sulle sue spalle. Scommetto che divorano chiunque non creda in lui!"

"Qualcosa del genere." Se i granchi fossero davvero dispiaciuti, forse lo farebbero per il loro santo.

"E la sua icona è appesa nella chiesa degli uomini dal mantello d'oro? Cosa dovrei sacrificare?"

"Si usa accendere una candela."

Lei scosse la testa. "No, prenderò una liana di fango viva e le taglierò la gola. Tutti gli dei e i demoni amano il sangue."

Non si contraddice il primo convertito.

"Ci vediamo sabato alle dieci e mezza. Allora c'è la prima funzione. Spargi la voce."

"Lo farò!" Lei gli diede un cinque che lui sentì pungere sul palmo della mano per il resto della giornata. Tutta quella scalata alla torre...

L'affluenza era quanto di meglio potesse sperare. Jorred aveva temuto che la sua nuova chiesa si spegnesse come una candela. Non solo si era presentato suo zio, ma Amarana aveva portato l'intera classe di catechismo. Tre di loro si strofinavano un occhio nero: Amarana credeva chiaramente nella diffusione della vera fede con il fuoco e la spada.

Il patriarca non era schizzinoso riguardo al sangue della liana di fango e aveva persino trovato un antico blocco sacrificale nel magazzino.

"In passato, a volte macellavamo un agnello nei giorni di festa. Le liane di fango mi sembrano buone e piuttosto appropriate a un santo del mare."

Guardò dentro ai secchi. "No, ragazzo," disse a un monello riccioluto. "Butta quei granchi di nuovo in mare. I granchi sono teologicamente difficili. Anche loro sono credenti."

"Mi spiace, signore. Non lo dimenticherò."

Dopo la funzione, il patriarca contò il contenuto della brocca sacrificale.

"Cinque stellari in tutto. Avete già coperto l'affitto del primo mese e mezzo!"

"È bello vedere dei bambini così devoti," osservò lo zio Henk. "Mio nonno mi aveva parlato di lui, ma non sapeva nulla né del rabbino e né Praga."

"A proposito, quella signorina è proprio ciò che ti serve, Jorred," disse il patriarca. "Come si chiamava?"

"Amarana."

"Ah!" Il patriarca alzò le braccia e intonò il salmo di Amarana con un bellissimo baritono.

"Ah ah, tremate e rabbrividite,
poiché egli cammina
attraverso l'ampio, ampio fango!
I suoi terribili artigli schioccano

e il mare è il suo sangue!"

"Si è inventata la canzone da sola. Io non gliel'ho chiesto." Jorred annuì. "È bello avere qualcosa da cantare. Dopo aver raccontato la storia, non sapevo come continuare. E cinque versi sono belli e corti. Chiunque può ricordarseli."

Alla funzione successiva, Jorred notò Siska in piedi in fondo alla sala. Stavolta c'erano quasi quaranta bambini e Siska si avvicinò a lui.

"Ho sentito di San Disma. Ora sei il suo sacerdote. Il suo Profeta."

"Ah, sì?"

Si toccò il ciondolo. "Ho pagato ad Amarana i dieci stellari. Adesso faccio parte della Chiesa?"

Dieci stellari! Beh, non c'è niente di male, purché ne metta la metà nel barattolo delle missioni. No, lascia perdere. Amarana è efficace quanto un intero traghetto pieno di missionari. Non importa il denaro.

"Stai indossando il ciondolo," disse. "Hai cantato con noi quando abbiamo pregato. È chiaro che sei una di noi."

Lei sollevò il viso. "Mi bacerai di nuovo, allora? Ora che anch'io faccio parte della tua congregazione?"

Jorred rimase immobile. Cosa mai avrebbe dovuto fare in una situazione del genere?

"No, ho capito. Certo, non sono degna. Sono una stupida oca". Si voltò e si allontanò.

Il suo passo si avvicinò pericolosamente a una corsa incespicante.

Fuori, trovò Amarana ad aspettarlo e Jorred sentì il suo coraggio sprofondare nelle scarpe. *E adesso?*

"Ho parlato con Siska. Si è messa a piangere. Allora le ho detto che avevo chiesto ai vicini. Omar ha detto che un profeta può avere diverse mogli, ma mai più di quattro." Si mise le mani sui fianchi. "Lo so, a dieci anni sono ancora troppo giovane per sposarmi. Ma se vuoi farlo con Siska, per me va bene. Così almeno saprai come fare quando mi sposerai."

"Sposarti?" Jorred gracchiò.

"Io sarò la tua Alta Sacerdotessa. Naturalmente lei dovrà essere sposata col profeta." Amarana serrò le labbra. "Quando compirò quattordici anni? Va bene? E se no, l'anno dopo?"

"Che ne dici di fissare la data non in base all'età, ma al numero di fedeli? Ci sposeremo a un milione di convertiti".

"È un bel numero tondo".

Si diedero il cinque per suggellare la loro promessa.

Jarred la vide ballare via, felicissima. *Me la sono cavata alla grande*. Un milione di fedeli era chiaramente assurdo, ma Amarana poteva diventare una fantastica alleata o un'orribile nemica.

Alcune persone sprigionano carisma da tutti i pori e sono chiaramente destinate a grandi cose. Prima che Amarana compisse trent'anni, ci sarebbero state statue di granito che la ritraevano in piedi in grandi piazze. Almeno se nessuno l'avesse avvelenata o le avesse sparato prima di allora.

Quando scese la scaletta della sua barca ondeggiante, Siska era seduta a poppa.

"Amarana ha detto..."

"Non importa. Ha ragione." Le mise un braccio intorno alle spalle, baciò le sue labbra sollevate che non avevano proprio niente di sbagliato.

Era terrore puro. Temevo che me ne sarai pentito se Siska non fosse stata il mio vero amore. Ma non deve essere affatto l'unica. Solo una delle miei quattro vere amanti.

"Sta diventando un po' un problema," disse il Patriarca. "I nostri fedeli non possono più entrare nella cappella, e ora che tenete tre funzioni al giorno..."

"Capisco bene," disse Jorred. Indossava il suo mantello con i gusci di granchio dorati, il bastone dello spingitore in ghisa che terminava con chele d'aragosta. "Sta diventando un po' troppo affollato anche per noi. Amarana ha suggerito di costruire una chiesa sopra la cappella. Usare la cappella come il Santo dei Santi, come gli ebrei con il loro Primo Tempio".

"La cappella dove San Disma ti è apparso per la prima volta?" chiese il Patriarca.

"Sì, quella."

Era una storia che Jorred aveva raccontato così tante volte che ormai ci credeva più o meno anche lui.

"Spero che l'icona del vostro Santo possa rimanere sulla parete insieme ai nostri santi? Altrimenti la mia congregazione ne sentirebbe la mancanza."

"Non c'è problema. San Disma non è un profeta geloso e ama la compagnia."

"Sì, il leone e il cambiavalute ebreo. E il pirata che ha abbordato la sua nave, e poi c'è stata una tempesta." Annuì. "Ma questo lo puoi raccontare molto meglio tu stesso."

"Il conteggio è di un milione e ottantamila convertiti," ha detto Amarana. "E oggi San Disma ha già trasformato l'acqua salata di una barca di naufraghi in vino da messa. Inoltre, ha gettato un sacco di stellari giù per il camino come dote per quell'orfanella malata d'amore."

"Capisco che sia bello organizzare queste cose di persona, ma..."

Amarana alzò le spalle. "Dovrei stare sdraiata come un grasso lamantino sull'amaca solo perché sono incinta? Siska faceva ancora paracadutismo al quarto mese, e..."

Jorred alzò le mani in segno di difesa. "Basta! Mi hai convinto. Sii solo un po' prudente. Se ti rompi l'osso del collo, almeno fallo con il cinturino dell'allarme al polso. Non vorrei perderti. Un profeta senza la sua sacerdotessa è come..."

"Un pesce senza uno shaker per cocktail!" Gridarono all'unisono.

Amarana lo abbracciò e risero entrambi.

La Cattedrale di San Disma si ergeva per due chilometri e mezzo sopra le distese di fango, tre chilometri se si includeva la punta del bastone spingi-granchi. Sebbene la struttura si trovasse in mezzo al mare, un ampio cerchio rimaneva asciutto anche durante l'alta marea primaverile. Tecnologia africana, ma i credenti lo vedevano solo come un altro miracolo del loro santo.

"Una visitatrice," disse Amarana. "Una che faremmo meglio a incontrare in privato. Solo noi due."

"Merda!" Jorred aveva riconosciuto l'alta figura sullo schermo: era la Signora Cassandra, l'incarnazione di Gaia in persona. "Cosa vuole?"

"Parlare, sospetto. Spero." Si guardò intorno. "Guardie del corpo?"

"No, le sto mandando via. La fiducia è il nostro motto. Non abbiamo nulla da nascondere."

Amarana indicò il lampadario con il pollice. "E con il laser da nove terawatt che hai nascosto tra i cristalli, le guardie del corpo sono un po' superflue."

"Ascoltiamo umilmente ciò che ha da dire. La Signora è troppo potente. Può schiacciarci sotto il tacco delle sue scarpe eleganti. Come scarafaggi."

"Quattro miliardi di seguaci, sì. Ma sono per lo più fedeli della domenica che vanno in chiesa una volta alla settimana. I nostri credono davvero. La loro dea fa del bene, salvando la Terra, un albero di mangrovia alla volta: il nostro santo compie una dozzina di miracoli al giorno".

Jorred incrociò le braccia. "È troppo presto per una resa dei conti."

"Ah? Quindi si arriverà a questo?"

"San Disma ci informerà senza dubbio quando sarà il momento."

Jorred sapeva che Lady Cassandra doveva avere ben oltre cento anni, ma ne dimostrava trenta, e per giunta trent'anni di aspetto straordinariamente giovane e atletica. Buoni geni, i migliori, e tutte le conoscenze mediche della Confederazione keniota. La sua guardia del corpo, Roberto, era leggendaria quasi quanto la Signora stessa. Il solo fatto che tutti i suoi protetti fossero ancora vivi era un monito sufficiente.

Jorred si alzò e si inchinò. "Questa è la mia prima moglie, l'Alta Sacerdotessa di San Disma, Amarana."

"È così istruttivo incontrarvi di persona. Non sembrate affatto degli imbroglioni senza scrupoli." Cassandra annusò l'aria. "Fare un santo con storie da idioti! Granchi dorati che raccolgono ossa. Vendere conchiglie rosa come unghie del vostro santo."

"Non l'abbiamo mai confermato," disse Amarana.

"Ma non l'avete nemmeno negato." La Signora sprofondò in una sedia, il che era un gesto di sfida ben congegnato. *Ora devo guardare in alto verso di voi, ma sono ancora la più potente.* "Ascoltate, i vostri granchi stanno infestando le mie foreste di mangrovie. Tagliano le radici, divorano i miei coccodrilli, nidificano sui banchi di sabbia."

Jorred provò una fitta di rabbia, rabbia giusta, un'emozione che aveva quasi dimenticato. L'ultima volta era stato all'Amersfoortse Berg, con tutte quelle finestre illuminate di notte. "Avete rilasciato larve di coleotteri la cui unica preda erano i granchi pelosi! Mandate droni per spruzzare azoto liquido su ogni nido di granchi!"

"Semplice autodifesa. Abbiamo appena debellato una piaga."

"Forse qualcosa andrebbe detto da entrambe le parti," disse Amarana. "Ora, il Santo certamente non cerca guai. È un santo! Un uomo di pace. Fermate le larve, perché scommetto che avete inserito un interruttore genetico. Noi ritireremo i granchi dalle foreste di mangrovie".

La Signora si sedette rigidamente e chiuse gli occhi. Come con il cantore, le sue palpebre si illuminarono di blu mentre la Wiki proiettava sulla sua retina un programma dopo l'altro. Si alzò.

"Una tregua, allora. Mi dispiace, ma non posso stringervi la mano. La mia religione me lo vieta quando si tratta di bugiardi blasfemi e impostori." Si voltò. "Il mio aiutante Roberto sistemerà i dettagli con voi".

"Un miliardo di seguaci," disse il figlio maggiore di Jorred. "Tu stesso l'hai indicato come un punto di svolta."

Amarana si alzò e toccò il tavolo strategico. Apparve una mappa del mondo, con le coste indicate in verde e oro tremolante. "La Chiesa di Disma e la Dea rivendicano entrambe lo stesso territorio. Granchio e mangrovia, uno dei due deve essere la verità, il paradigma dominante." Schioccò le dita e si accesero una dozzina di punti blu. "È qui che i nostri seguaci sono venuti alle mani. Un'esplosione ha rotto tutti gli acquari del santuario marino di Delfi. Qui, le foreste di mangrovie al largo di Tromsø bruciano dopo un colpo dal nostro laser spaziale." Alzò lo sguardo. "La battaglia è iniziata."

Uno dei punti si illuminò di una luce abbagliante. "Maledizione, Cassandra ha usato una bomba nucleare." Saltò in avanti. "Puntate i laser spaziali! E noi abbiamo il nostro arsenale."

"Basta così". Tutti i punti di luce blu si spensero. L'uomo, i cui piedi fluttuavano un palmo sopra il tavolo, portava due granchi dorati sulle spalle. Alla sua mano sinistra mancavano un paio di dita. Un'aureola danzava intorno alla sua testa.

"Un ologramma. Bel tentativo, Cassandra."

"Credere a volte è piuttosto difficile," disse San Disma. "Soprattutto senza prove." Fece un gesto verso un vaso di tulipani. Con un enfatico ping! si trasformarono in oro massiccio. "Un miliardo di seguaci prega per me, e credi che ciò sarà senza conseguenze, mia cara Amarana? Di certo, ora io esisto."

Scese dal tavolo e si diresse verso di lei. Gigli marini ondeggianti spuntarono dalle sue orme. "Come hai detto tanti anni fa: sono un uomo di pace." Tese un braccio e una donna si materializzò accanto a lui, prendendolo per il gomito. "E mia moglie la pensa allo stesso modo."

Gaia, la Signora della Terra Vivente, indossava il suo svolazzante mantello blu dell'oceano, notò Jorred. La stella del mattino brillava sulla sua fronte.

"Facciamola semplice," disse la dea. "Chiunque metta una sega in una mangrovia si trasforma in una statua d'oro. E chi infilza un granchio, si trasforma in marmo grigio. Non è così, caro Disma?"

"Esatto, mia adorabile signora Gaia".

I due scomparvero, ancora a braccetto.

Jorred si alzò, andò al vaso e sbatté un tulipano contro il bordo del tavolo. Il suono era proprio metallico. "Oro massiccio. Come ha detto lui." Rimise il tulipano nel vaso. "Speriamo che i nostri seguaci se ne accorgano presto."

Il profeta di San Disma vive con le sue quattro mogli e i suoi nove figli in una villa sull'Amersfoortse Berg. A cena bevono vino di sessant'anni e il maggiordomo serve gamberi tigre e caviale.

Amarana ha un armadio profondo con non meno di trecentonove paia di scarpe e Siska colleziona antichi elefanti di vetro fatti di cristallo Swarovski. Per fortuna, San Disma non ha mai fatto voto di povertà.

GRANO DALLA PULA

Cornelie Moolhuizen

Traduzione di Francesco Verso

Cornelie Moolhuizen lavora come archeologa botanica (molto simile a Indiana Jones ma con un microscopio invece di un cappello), da cui trae ispirazione per scrivere narrativa storica, eco-fantascienza e fantasy. Le sue storie spesso ruotano attorno al rapporto tra uomo e natura. Partecipa con entusiasmo a concorsi come Harland Awards, Fantastels e Fantasystrijd Brugge, dove ha ottenuto numerosi piazzamenti dal 2014 in poi. Ha pubblicato racconti su Fantastisch Strijdtoneel IV, *sulla rivista fantasy online* Vonk *e su* Hebban, *casa della comunità olandese di lettura e scrittura online. Cornelie vive ad Amersfoort, centro geografico dei Paesi Bassi, con suo marito, sua figlia e due gatti.*

Posso ancora sentire l'impronta degli oculari nelle orbite, familiare e tenera. La giornata è giunta al termine. Avrei dovuto fare una pausa, far riposare gli occhi, ma il pensiero di affrontare la folla in quella che qui passa per una mensa mi fa passare la fame e mi fa desiderare solo di stringere forte il microscopio. Da quando siamo arrivati qui, li ho sempre evitati; quella banda di ricercatori genetici con il loro arsenale di dispositivi hi-tech. I tavoli da lavoro intorno a me, invece, sono pieni di scatole. L'odore dolce del cartone antico mi punge il naso. Cartone. Quando è stata l'ultima volta che l'ho annusato?

Una donna mormora allegramente lungo il corridoio. Le risate risuonano nei soffitti alti dell'istituto. C'è un motivo per essere così gioiosi quando si fa parte della squadra PCR?

Non saprei, io lavoro da solo. Identificazione e selezione della squadra: questo sono io.

I passi sulle piastrelle svaniscono. Questo edificio mi ricorda l'Erbario dove sono stato addestrato. Controfinestre con vetri svasati, legno tinto scuro. Questo edificio proviene da un mondo in cui il cibo era ancora dato per scontato. Riusciremo a far rivivere quei giorni?

Un clic metallico dalla maniglia della porta. I cardini cigolano nostalgicamente e la porta si apre. Senza guardare, so che si tratta di Norm. Tutti gli altri capi dipartimento del programma FEWW lo chiamano professor Ryan.

"Liniard, come vanno le cose qui?"

Dottor Liniard. Non gli rispondo. Se ci fosse qualcosa da riferire, l'avrebbe saputo.

"Ho pensato di fare un salto per vedere come stanno quei macroreperti. Non scordarti di mangiare qualcosa, eh, amico? Oggi servono un gusto pepato."

D'istinto, il biologo che c'è in me chiede: *Piper* o *Capsicum*? Deformazione professionale. Solo il *Piper nigrum* è stato sempre un vero pepe. Il *Capsicum* o peperoncino era piccante, ma non è vero pepe. Va bene, mi sto lamentando, lo ammetto. Norm non sa nulla di queste cose. Nessuna delle due specie veniva più coltivata quando lui era abbastanza grande per fare la spesa da solo.

Alzo la testa piano piano, come se rispondere richiedesse uno sforzo. Non è del tutto una recita.

"Grazie. Non riuscivo a pensare a nient'altro per cui valesse la pena disturbarmi."

La scintilla nei suoi occhi, quella che ha usato per assicurarsi la posizione all'interno della FEWW, scompare. Ciocche nere gli penzolano sulle tempie mentre scuote la testa.

"Speriamo di vederti lì." Il residuo di un sorriso si aggrappa al suo volto. Norm è il tipo di uomo che non avrà mai una squadra di investigatori alle calcagna.

"Non vedo l'ora," dico.

Sparisce e la porta che si chiude lo deride.

Forse dovrei smettere di sfidarlo. Fare più gioco di squadra. Il futuro della produzione alimentare mondiale non dipende forse da noi? Stringo le scatole di cartone piene di semi, ma quelle non riescono a nascondere le rughe e le vene pronunciate sulla mia mano. Forse è per questo che il Food Engineering Worldwide, o FEWW, ha tanta fretta: temono che io tiri le cuoia prima di completare il mio compito.

Scommetto che avrebbero voluto un cucciolotto, uno di quarant'anni, cinquanta al massimo. Ma chi tra quei giovani ha imparato quello che so fare io? Identificare semi sconosciuti, dare un nome ai cereali. A dire il vero, non sono sicuro di essere l'ultimo archeobotanico sulla Terra, ma di certo sono il migliore. Nessuno nella mia generazione di ricercatori è riuscito a distinguere i resti vegetali con la stessa passione e precisione. È qui che eccello da quando ho visto il mondo ingrandito cinquanta volte in una capsula di Petri.

Dal momento in cui ho iniziato, ero già una specie in via d'estinzione. Chi vorrebbe guardare le cose da un livello macroscopico, quando ci sono istoni e nucleotidi da osservare? Che razza di fossile si preoccuperebbe di studiare semi che si possono vedere a occhio nudo? Il DNA antico, questo sì che è un modo per ottenere finanziamenti.

"Oh, Thomas," disse una volta Annalina. "Hai così tanto talento. Perché non fai qualcosa che ti faccia emergere?"

Ma io mi rifiutai d'immergermi in un mondo di minuscole astrazioni. Volevo continuare a vedere il mondo reale, indagare sulla materia che potevo toccare. Quella scelta ha portato a una carriera piena di disprezzo, sia da parte dei colleghi che degli estranei. Ancora oggi è così, in effetti.

Solo che ora, lo ammettono a malincuore, hanno bisogno di me.

Stringo il vassoio, in piedi in fila. Le conversazioni mi ronzano intorno alla testa che desidera dormire.

"La macchina ci ha provato anche oggi."

"Appena ci procuriamo i primer..."

"Oh guarda, pepe!"

"Come è andata la polimerasi?"

Sperando che nessuno si avvicini a me, fisso il pavimento. Preferirei evitare del tutto la squadra dei genetisti, ma gli orari di apertura della mensa non me lo permettono. Ho fame. Peggio del solito, intendo, non quella vaga sensazione che si prova perché la razione non è mai abbastanza. Questa è più una sensazione in cui il tuo corpo chiede un'azione immediata, nutrimento, sostentamento.

"Eccoti." Una donna dai capelli scuri mi porge una ciotola vuota. È quasi il nostro turno. Sorride in modo timido, ma non si mette a conversare. Si chiama Genevieve, o Ginevra, qualcosa di lungo e sognante. *Juniperus*, mi dice il cervello in automatico. Il comune ginepro.

L'estate scorsa ho visto il cespuglio crescere sulle brulle distese di sabbia dove il grano si era arreso da tempo. Le sue bacche erano mature e blu scuro, troppo ostinate per estinguersi. Le foglie aciculari m'inebriavano con il loro profumo speziato quando le strofinavo tra le mani. L'odore mi riportava a una foresta, a giorni estivi troppo belli e troppo dolorosi da ricordare. Le foglie finirono sulla sabbia e mi asciugai le mani sui pantaloni.

Norm aveva ragione sulla pappetta di oggi. Il sapore di *Piper* è stato nettamente imitato. Visti attraverso le mie lenti, i grani di pepe sembravano sfere stereometriche e sfaccettate, ogni superficie un mondo a sé stante all'interno di un bordo rialzato. Molto tempo fa.

Il pasto nella mia ciotola non ha forma, per quanto i miei occhi ne cerchino una. È logico. Perché sprecare carburante per cuocere, quando si può ingurgitare la pappetta col cucchiaio? La brodaglia è sempre stato il modo più efficiente di preparare il cibo. Porridge, stufato, zuppa. Lo capisco e allo stesso tempo il ricordo del pane mi fa venire l'acquolina in bocca.

"Dottor Liniard? Posso?"

Juniperus, o come si chiama, mi guarda con una domanda negli occhi. Posso dire che non si sta preparando a sedersi. La sua era una richiesta sincera, non un'affermazione. Molto bene, allora. Annuisco e lei si siede di fronte a me. Mangia senza fare rumore e questo mi piace. Non sono così vecchio da non sentire più bene.

Nessun altro si unisce a noi. Mangiamo. È nutriente e almeno ha un po' di sapore. La consistenza è un ricordo del passato.

Non ho mai avuto paura dei silenzi imbarazzanti, così, con mia grande sorpresa, sono il primo a parlare. Forse è un residuo di cortesia che mi spinge a farlo, mescolato al desiderio di sentire una voce amica. È la mia prima conversazione volontaria da quando siamo arrivati a Kiel. La sua calma mi fa credere che non mi tormenterà con domande fastidiose e così, all'improvviso, mi sento chiedere: "Fai parte della squadra di implementazione, vero?"

Lei annuisce. "Aggiungerò le nuove coppie di basi a quelle esistenti." Sorride tra sé e sé. "Le vecchie coppie di basi, dovrei dire."

"Io seleziono il materiale per la squadra del trascrittoma."

Che è composta dagli uomini e dalle donne che estrarranno i geni dai miei chicchi di cereali, in modo che la sua squadra possa iniziare a lavorarci.

"Il suo lavoro è fondamentale," dice lei.

"Quale non lo è?"

Poi ammetto a me stesso il motivo per cui sto parlando con lei. Mi ricorda Annalina. Nessun altro se ne accorgerebbe: Annalina era bassa e bionda con guance rosee, niente a che vedere con la ricercatrice alta e scura che prende a morsi con tanta attenzione la sua pappetta di peperoni. Ma è la calma che la avvolge. La stessa serenità che mi faceva sentire abbastanza a mio agio con Annalina da aprirmi sul mio lavoro, sulla mia passione, sulla mia avversione per le biotecnologie del CIBUS e il loro monopolio. Il modo in cui Annnalina ascoltava e mi guardava senza interrompere, con quelle iridi blu che nessun lago del suo paese avrebbe potuto eguagliare... Gli occhi scuri che guardo adesso hanno lo stesso effetto su di me.

"L'Erbario ha conservato molti cereali e la maggior parte è stata conservata in modo ragionevole," dico. "Il problema è che le etichette sono in gran parte deteriorate."

"Ma lei è in grado di identificare i cereali, giusto?"

È la stessa domanda che il consiglio della FEWW mi fa da anni. Più e più volte, con innumerevoli formulazioni diverse, ma di fatto sempre la stessa domanda. Possiamo contare su di lei per realizzare ciò che nessun altro può più fare? Può consegnarci i semi così come sono cresciuti prima delle modifiche genetiche – chiedo scusa – dei *miglioramenti*? Norm me lo chiede ogni volta che mi vede, qualunque cosa esca dalla sua bocca.

Juniperus è diversa. Quando lo chiede, suona genuino.

"Certo che sarò in grado di selezionare gli esemplari giusti."

Erano mesi che non suonavo così rassicurante.

Il mio lavoro non è più soffocante o astratto, stavolta posso davvero contribuire. Selezionando i miei grani per la squadra che ne estrarrà i geni, salverò letteralmente il mondo dalla fame. E questo dalla comodità della mia scrivania!

La fragile luce dell'alba tenta di bucare le nuvole per illuminare il piano del tavolo. Tengo la vita e la morte nelle mie mani, anche se quelle mani sono pallide, con le unghie sfrangiate e la pelle rosicchiata. I cereali essiccati mi fanno brontolare lo stomaco. Sono tentato di mangiare il futuro del pianeta. È questo tipo di compulsione che ha reso necessarie le recinzioni e le reti in cima alla torre Eiffel per impedire alle persone di saltare. Mi trattengo.

Scuoto i semi nella piastra di Petri. Dopo quarant'anni mi stupisco ancora della loro bellezza. Non solo i chicchi, quei piccoli gommoncini ripiegati con un profondo solco al centro, ma anche la pula che li avvolge. Ogni elemento ha il suo ruolo. Se la glumella funge da mantello del chicco, il rachide è la spilla da capollo ridicolmente grande che lo collega al gambo. Il mio lavoro non è solo vedere la differenza tra orzo, grano o segale nella collezione antica dell'Erbario. No, c'è di più. Le risposte si nascondono proprio lì, sul rachide. La cicatrice, non più grande di un millimetro, mi dice esattamente ciò che devo sapere. Questo punto può essere liscio solo se si tratta di una pianta selvatica. Riconoscerei immediatamente una pianta coltivata dal suo tessuto irregolare e frastagliato, causato dalla violenza con cui il chicco è stato strappato dal culmo.

Pochi chiamerebbero questa raccolta una violenza. Ma alla fine è proprio quella lotta che ci ha portato a questa situazione. Un cereale coltivato non è altro che erba manipolata. L'Erbario è pieno di entrambi i tipi. Sotto la mia lente, a forma di piccolo ferro di cavallo, vedo brillare la cicatrice sul rachide.

"Guarda Annalina," ricordo di averle detto, in parte per impressionarla e in parte per sincera ammirazione. "Questo è un tipo di rachide fragile, il tipo selvatico. Quando quest'erba è matura, basta toccarla e il gambo esplode."

"Perché succede, Thomas?" chiese, più per lasciarmi raccontare la mia storia che per curiosità.

"L'erba è intelligente," dissi. "Lancia i suoi semi come fuochi d'artificio senza fiamma. La pianta madre vuole proiettare la sua progenie il più lontano possibile, in un luogo dove possano crescere senza diventare suoi concorrenti. Bene per lei, bene per la sua discendenza."

Nessuno sta ascoltando in questo laboratorio, ma io mi racconto lo stesso la storia.

L'erba ha fatto bene a se stessa. Ma il grano è un'altra faccenda. Quando nell'antichità l'uomo decise di raccogliere i semi dell'erba per il consumo, quando iniziò tutto questo circo di cui oggi raccogliamo i frutti amari, l'ultima cosa di cui aveva bisogno erano semi che volavano via. Cercarli e raccoglierli dal terreno, seme per seme, richiede più energia di quanta ne fornisca. Quello che tu, essere umano dedito all'agricoltura, vorresti idealmente è che i chicchi restino attaccati al loro stelo fino a quando non li raccogli con un unico e deciso strappo. Dalla pianta al cesto. Lo chiamiamo così, un rachide non fragile, e quello strappo lascia una brutta cicatrice.

Sollevo un chicco nel suo mantello tra le ganasce della mia pinzetta. È gravemente segnato. Lo trasporto dalla piastra di Petri a una provetta Eppendorf e chiudo il coperchio. Non fragile, addomesticato. Utilizzabile per Norm e le sue squadre.

I suoi capelli biondi sembravano non voler essere legati in una treccia.

"Mi chiamo Annalina." Il suo lento sorriso mi fece germogliare qualcosa nello stomaco.

"Thomas. Anch'io sto facendo il dottorato con il professor Mabberley."

Cominciammo a parlare e non ci fermammo mai più: di piante, del mondo, del futuro. Il nostro futuro. Io facevo ricerche sui cereali e sulle grandi erbe da cui si sono sviluppati i cereali come nutrimento per l'umanità. Lei era affascinata dal cambiamento genetico che si nascondeva dietro quella rivoluzione. Non fraintendetemi, l'inizio dell'agricoltura è la più grande rivoluzione che l'umanità abbia mai conosciuto. Invece di far parte del sistema, volevamo controllarlo.

Annalina non ha studiato solo il passato. Scoprì il punto debole nel miglioramento genetico che CIBUS aveva introdotto nel grano di tutto il mondo. Proprio nel punto in cui il rachide si stacca dal culmo, la muffa lo colpisce nel peggiore dei modi. *Ustilago*: vecchio fungo, nuova varietà. L'ultima delle piaghe e l'inizio della più grande carestia di sempre. Grano, mais e patate soccombettero, anche se, a dire il vero, queste ultime soffrirono soprattutto a causa dell'*Aphis solanella*. Il potere distruttivo della piccola mosca verde sorprese tutti, ma cos'altro ci aspettavamo? Quando facciamo evolvere le colture e i pesticidi, i parassiti evolvono con loro.

Lo calcolo in modo da incontriarci nella confusione. All'inizio non voglio ammetterlo, ma non vedo l'ora di vedere Juniperus e mi sento più leggero ogni volta che la vedo. Poso il mio vassoio di fronte al suo. Per molto tempo mangiamo in silenzio. Poi inizio una conversazione perché voglio vedere il suo sguardo esitante, quel piccolo tocco di Annalina. Rende le mie giornate in questo Erbario sopportabili, anzi, rilevanti.

"Ho sentito che oggi ci sarà un dolce." Indico in modo maldestro verso il vassoio.

Gli angoli della sua bocca si arricciano come un bocciolo di fiore che si apre verso il sole. Secondo le mie stime, c'è almeno una generazione di differenza tra noi.

"Al gusto di arancia."

"Qualcosa di simile."

Ci scambiamo uno sguardo cospiratorio. È una bella sensazione complottare contro l'aroma di arancia.

È iniziato tutto con gli agrumi. Non mi ha sorpreso affatto che si siano estinti per primi: il genere Citrus era sempre stato il punto più debole della catena. Che si trattasse di arance, limoni o di quei pompelmi amari, tutti i Citrus del mondo condividevano un'unica fonte genetica. Ma a chi importava, finché gli scaffali erano pieni? In un solo rapido colpo, il concetto di *cultivar* vene presentato al mondo. Non esisteva un antenato selvatico e non si poteva ricominciare da capo. Tutto molto semplice. CIBUS ci rassicurò: l'uomo può fare benissimo a meno degli agrumi. Pensate al mammut, dicevano. È un peccato che non ci sia più, ma che contributo può dare una creatura del genere alla società moderna? Guardate le cose che abbiamo: la possibilità di imitare il palato acidulo, la conoscenza per produrre vitamina C.

L'ho sentito così tante volte che alla fine ho ceduto. Era come appoggiarsi a un divano brutto e rigido; qualsiasi cosa era meglio che rimanere in piedi mentre le gambe cedevano. Ora, quando ripenso all'odore del limone, mi vengono in mente sentimenti di malinconia e nostalgia. Un po' come con un mammut. Così bello, così lontano nel tempo.

L'uva seguì a ruota. Portò via con sé il vino con sé quando se ne andò. Di colpo, un vinologo divenne l'equivalente di un archeologo, di un archivista. Il vino si trasformò in una bevanda per i leader mondiali, i ricchi e i famosi. Annalina ed io ne bevemmo un dito quando ci trasferimmo nel nostro appartamento a Linköping. Quanto tempo ho vissuto lì prima di partire per l'Erbario; trenta, trentacinque anni? Penso, no, so per certo che la banca dei semi nel deposito di sicurezza di Spitsbergen fosse ancora intatta quella notte.

"Mi aspetto i primi esemplari questa settimana," mi dice Norm.

"Se li trovo, saranno pronti," rispondo.

Dietro di lui c'è la macchina per l'elettroforesi, dove i genomi strappati dai miei cereali si scioglieranno presto in un gel. State calmi, li tranquillizzo nella mia mente, non abbiate paura di quell'uomo.

"Conto su di te." Aggiunge un sorrisetto alla trattativa.

"Stronzate," borbotto mentre esco dal sua laboratorio di ricerca.

L'ultima volta che Annalina ed io abbiamo mangiato carne di manzo è stato poco prima della nostra estate nel bosco, nel ristorante con le tovaglie a quadretti al Brogatan. Dopo l'attacco del fungo *Claviceps pelophylaxae*, fu vietato nutrire il bestiame con i preziosi cereali. Peste delle rane, così chiamarono la seconda delle grandi malattie dei raccolti. Quasi da un giorno all'altro l'industria della carne fu abolita. Per decenni il lato ecologista della politica aveva fatto pressioni invano e, all'improvviso, la risoluzione passò.

La logica era inattaccabile: perché sprecare le scarse quantità di soia, mais e grano che si potevano ancora strappare al suolo pompandole nei tratti digestivi dei ruminanti? Entro cinque anni, l'allevamento di bestiame divenne la reliquia di un passato di alimenti.

Ne fui entusiasta e non ero nemmeno vegetariano.

Entusiasta, perché non vedevo ancora quello che vedo ora. La nuova legge era così prudente ed elegante dal punto di vista ecologico. Finalmente stiamo diventando saggi, pensai nella mia ingenuità. La decisione sollevò un bel polverone, ma il governo fece valere i suoi muscoli e portò a termine il cambiamento. La rivoluzione alimentare mondiale trascendeva la sovranità dei singoli paesi. Certo, le nuove strutture di potere eludevano una parte della democrazia, ma pensai: tanto meglio, non è una questione che riguarda lo stomaco delle masse. Questo va oltre l'appetito di oggi. Non mi lamentai. Anzi, mi congratulai con me stesso per aver intravisto il quadro generale. Fu così che persi di vista lo scenario ancora più grande. Le misure d'emergenza sfociarono in una dittatura, travestita da tecnocrazia.

La salvezza non era a portata di mano. Non avevo previsto come la CIBUS si sarebbe insinuata nella politica prima che si potesse batter ciglio. Dietro le quinte si fuse con il potere esecutivo, formando un moloch che non sarebbe stato liquidato dopo quell'unica decisione sensata. Avevo festeggiato la liberazione di un mostro, nel bene e nel male.

Apro un cassetto nella parete. Nonostante l'odore di candeggina domini l'edificio, l'armadio ha un odore tenue e stantio per il suo contenuto, pungente per il mogano.

"Dottor Liniard?" Non ho sentito Juniperus aprire la porta.

"Se sto disturbando..."

"No, no." Chiudo il cassetto e mi siedo sullo sgabello. "Posso aiutarti?"

"Non proprio." Le sue dita tamburellano sulla maniglia. Per un attimo, c'è silenzio. "Stavo pensando, beh, volevo vedere com'è fatto il primo anello della nostra catena di ricerca".

"Certo." Le faccio cenno di avvicinarsi. Esitante, apre la porta.

"Posso presentarti i miei cereali?"

Non sono persone, Thomas, mi aveva detto una volta Annalina. Grazie al cielo, le avevo risposto.

Juniperus si china. "E questo sarebbe?"

"*Hordeum, Triticum, Secale,*" elenco le specie di cereali. Orzo, frumento e segale.

L'inizio di un sorriso appare agli angoli della sua bocca. "Sembra utile."

"E *Triticum dicoccoides*, è selvatica." Indico il seme che si distingue a malapena dal cereale.

"Adorabile."

"Sì, sono di buona compagnia." Thomas, vecchio cascamorto.

"È quasi un peccato che dovrò lavorarci su." Pare seria, quasi triste. In uno strano modo, ciò mi rassicura. Insieme guardiamo i miei cereali.

"Saranno in buone mani."

"Lo prometto". Juniperus mi tocca il braccio in modo incoraggiante prima di lasciare la stanza. Non ho altra scelta se non quella di consegnare i miei grani. La carestia imperversa fuori dalle mura dell'istituto di ricerca. Inoltre, questo incarico è la mia pensione. I miei chicchi, tutti oltre la fase di germinazione, devono trasmettere i loro geni a nuovi esemplari, facendo spazio nei loro filamenti nucleotidici. Perché quando il nostro dominio sul mondo naturale vacilla, dobbiamo imporlo.

"E tu cosa sei, Thomas?" Mi chiese una volta Annalina. "Friabile o non friabile?"

I campi fertili crescevano incolti, il loro suolo si erodeva. La CIBUS aveva fatto bene il suo lavoro negli anni precedenti, troppo bene: i cereali precedenti alle modifiche genetiche erano di difficile reperibilità, le quantità erano scarse e la diversità ancora meno. Il deposito di semi a Spitsbergen era esploso e gli esemplari dell'Erbario non erano più vitali da molto tempo.

Il concetto di produzione di massa della monocoltura ci si era rivoltato contro. Annalina e io lo avevamo previsto con una logica inconfutabile. La CIBUS però era irremovibile, i suoi azionisti inflessibili. La FEWW è nata dal loro tentativo di limitare i danni. Danni all'agricoltura o alla loro immagine, chi può dirlo.

"Il mondo sta finendo," pensavo.

"Al massimo sta finendo l'umanità," disse Annalina. "L'uomo e i suoi prodotti. Ma il mondo? Mai." Nulla poteva turbare il suo profondo rispetto per tutto ciò che cresceva.

Se solo potessi credere alle sue parole ora. Quante colture sono sopravvissute, manipolate o altro? La fine di una coltura dopo l'altra, agrumi, drupe e in pratica ogni spezia: serviva solo a rafforzare la soggezione di Annalina, mentre io vedevo soltanto il mondo appassire. A ogni nuova piaga, ogni volta che seppellivamo un'altra coltura, lei piegava delicatamente le mie dita nelle sue.

"Ci sono anche molte cose buone, Thomas. Ricordatelo."

E per quanto riguarda il lavoro che sto facendo qui, le chiedo nella mia mente. È buono anche questo?

Il termociclatore ronza in fondo alla stanza. Norm ha adibito il più grande dei laboratori a sala conferenze. I capi squadra sono seduti insieme ai loro scienziati di punta. Riconosco le squadre Trascrittoma, PCR, Implementazione, Micropropagazione e Coltivazione. Tutte necessarie per formare nuove colture, dal gene alla cellula, alla pianta. Norm è il capo di tutti noi, in quanto responsabile e referente della FEWW. Accanto a lui siedono tre uomini in abiti che mi capita di vedere di rado qui, se non durante i preparativi del mio appuntamento.

"È tutto pronto," dice Norm. Fa scintillare gli occhi per rendersi simpatico agli uomini in giacca e cravatta. Spero che lo vedano per quello che è, ma invece funziona a meraviglia e io digrigno i denti. Sa come adulare per ottenere un grosso stipendio.

Questa è la stanza con le controfinestre più alte. I vetri sono divisi in piccole superfici che tagliano le nuvole dietro di loro. Juniperus è seduta accanto al capo del suo dipartimento e sta prendendo appunti. Mi sento il cervello appassito. Ieri sera ci sono andato vicino, ma era molto tardi. Fisso le nuvole nei loro quadratini e la mia mente vaga verso la nostra ultima estate insieme.

Accoglievamo ogni soffio di vento che passava attraverso la foresta. La camicia di Annalina le si appiccicava alla schiena e i pezzi di paglia si attaccavano all'esterno. Paglia, come se i campi ci stessero imbrattando con i loro frutti. Abbiamo raccolto mirtilli e ciliegie selvatiche. Abbiamo montato la tenda vicino al limite del bosco e ci siamo sdraiati con le ginocchia che si toccavano sopra i nostri sacchi a pelo. L'odore del campo, dei cespugli di ginepro e di Annalina si fondevano in un profumo che mi faceva esplodere. Il suo viso e la spalla nuda brillavano e lei sorrideva con le labbra socchiuse. Ce l'eravamo meritato dopo tutte le ricerche estenuanti che avevamo fatto, tuttavia ancora non riuscivo a smettere di tormentarmi.

"Sta prendendo una brutta piega."

"Sì," disse lei. "Ma non dimenticare di ricordare il bene, Thomas. Ti prego." Si chinò e mi baciò il sopracciglio, la punta del naso, l'angolo della bocca. Sapeva di frutti di bosco e nocciole.

"Dottor Liniard?"

Alzo lo sguardo.

"Non è così, dottor Liniard?" La voce di Norm è rassicurante, ma i suoi occhi lanciano pugnali. "Sarebbe troppo ambizioso cominciare le prime estrazioni all'inizio della prossima settimana?"

Scuoto la testa, annuisco, mentre l'immagine di Annalina svanisce.

"Sì." Mi schiarisco la gola. "Ho selezionato campioni di grano, orzo e segale, di diverse specie, quindi…"

Uno dei vestiti della FEWW mi interrompe. "Il grano sarà sufficiente per ora."

Mi acciglio. "Mi scusi?"

"Come ho già detto prima," fa Norm, mentre il tono rilassante lascia il posto all'imperiosità, "per ora ci impegneremo sulla coltura che ha dato le rese più alte in passato."

Mi sono perso questo passaggio. Non l'ho colto né in questa riunione, né in quelle precedenti.

"Di chi è stata la decisione?" Chiedo. "Pensavo che fossimo seri su questo programma."

Le teste si girano verso di me mentre alzo la voce. Juniperus abbassa il tablet.

"È una decisione finanziaria dare priorità a certi cultivar. Più veloce è, meglio è."

"La gente sta morendo di fame, dottore," dice un altro vestito con voce untuosa.

Morendo di fame? Quanti acri di terreno agricolo è costato il lino del suo completo? Quando è stata l'ultima volta che ha dovuto accontentarsi di una pappetta per soddisfare il suo stomaco, se mai l'ha fatto?

"La varietà migliorerebbe il risultato del programma," insisto.

"In una fase futura esploreremo anche colture che potrebbero dare buone rese." Norm guarda avanti e indietro tra me e i vestiti.

"Ma…"

Vedo fronti aggrottate e labbra serrate su quei volti

insolitamente pieni. "Vada a prendersi una pausa, dottor Liniard."

Mi accascio su una panchina dell'ex giardino. Come faccio a comunicare con loro se non mi ascoltano? Cerco di inghiottire la nausea che sale.

Annalina non ha mai perso il suo ottimismo. Avrei voluto seguire il suo esempio, davvero, ma non ce l'ho più fatta quando *Ustilago* fece il suo ingresso e si è diffuso fino al grano e al riso. Annalina era coinvolta. Fu una delle prime a scoprire che la malattia non colpiva solo le colture, ma anche gli esseri umani. In prima persona. Ho tenuto le sue dita tra le mie mentre quelle guance rosee affondavano e si spegnevano.

"Te ne ricorderai, Thomas?"

"Va bene, lo farò."

Questo le diede tranquillità, alla fine. Ero come un chicco strappato dal culmo, che perdeva la presa.

"È stato un incontro difficile."

Mi crogiolo nel bagliore calmo di Juniperus.

"Stanno facendo un errore," le confido.

"Con il *Triticum*? Un cereale così efficiente."

"Finché la prossima malattia non lo colpirà." Ho una gran voglia di condividere le mie pene, come facevo una volta.

"Ma stai selezionando un ceppo forte che risale a prima delle grandi epidemie, no?"

La guardo incredulo. È una biologa, giusto? "Ce ne sarà un'altra. Sicuro come le ultime arrivate. Finché ci aggrappiamo alla monocultura, restiamo vulnerabili. Abbiamo perso la testa."

"Perso la testa? La FEWW sta rendendo possibile così tanto. Grazie al loro programma di ricerca saremo in grado di nutrire la popolazione mondiale."

"La strada per l'inferno è lastricata di buone intenzioni. La FEWW sta ignorando la voce della ragione".

"E quale sarebbe la ragione?"

"La varietà. Coltivare quante più specie possibili e quante più razze all'interno di quelle specie." Cerco disperatamente di portarla dalla mia parte. La mia parte solitaria.

"Non sarebbe efficiente." Attacca a recitare gli argomenti che la FEWW ha seminato per anni, la FEWW e il governo che sono intrecciati come l'edera. "Più specie ci sono, e più metodi di coltivazione, di raccolta, di lavorazione dobbiamo gestire... Costerebbe così tanti soldi che invece potremmo spendere in ricerca. La razionalizzazione è l'opzione più economica."

E puro profitto per la FEWW.

"È l'opzione suicidia," borbotto.

Le mie parole la fanno trasalire e percepisco qualcosa che si spezza. Il sorriso attento si sgretola, il luccichio di ammirazione si congela nel suo sguardo.

"Rifletta," provo a dire. "Per secoli ci siamo appoggiati a una biodiversità più sottile di un capello". Ti prego, cerca di capire, la imploro dentro di me. Sii ragionevole. Sii mia alleata. "E ora siamo nei guai."

"Guai che la FEWW sta cercando di risolvere." Si allontana da me. La sua calma scivola in qualcosa di inavvicinabile. "Un futuro migliore."

"Per noi, cioè", dico con amarezza. Lei arrossisce. Come ricercatori del programma ce la siamo cavata e lei lo sa. Una pensione garantita, razioni di cibo fino alla fine.

"Milioni di persone stanno morendo di fame e lei non vule ottimizzare? Non crede che sia immorale?"

"È curare i sintomi. Un trattamento costoso e ad alta tecnologia dei sintomi che la CIBUS, scusa, la FEWW usa per fingere che gliene importi qualcosa, mentre si riempiono le tasche."

La sua bocca si appiattisce. "Allora perché è qui, dottor Liniard? Se non crede nella causa?"

Mi chiudo a riccio. Ha ragione. Perché sono qui, se credo di rimandare la fine di un altro giorno soltanto? Perché credevo di essere il più grande botanico del mondo. Perché avevo promesso di ricordare che c'erano anche cose belle.

Faccio spallucce e lei si alza dalla panchina.

Quella sera mangio da solo. Non vedo Juniperus. Voglio assorbire il silenzio.

L'inquietudine sta germogliando dentro di me, ma cerco di ignorarla. La pappetta è insipida e ci vuole uno sforzo per svuotare il piatto. Mi aggiro per i corridoi e finisco nell'ufficio di Norm. Le luci sono accese. Attraverso i vetri delle finestre riesco a scorgere la sua testa. Sta annuendo in maniera ripetitiva. Davanti a lui vedo la sommità dei lunghi capelli castani di una persona, piegata in avanti, piena di rimorsi.

Sono colpito dalla consapevolezza che lei ha riferito i miei dubbi. Non posso biasimarla. Juniperus non ha mai sentito altro che la propaganda della FEWW e io sono una minaccia per il programma. Eppure mi sembra che *Ustilago* mi stia strappando di nuovo la mia Annalina e che io sia da solo in piedi nell'Erbario. Quanto ancora deve costare l'intervento umano? Più di qualsiasi cosa io abbia mai desiderato, all'improvviso voglio che il mondo abbia davvero delle cose buone.

Tornato nel mio laboratorio, seleziono le scatole di cartone. I miei pensieri oscillano come liane. Avrei dovuto mostrare più apprezzamento per il programma, mentre continua a commettere gli stessi errori? No: loro sbagliano e Juniperus sbaglia con loro.

"Ci sono anche molte cose buone," dice Annalina nella mia testa. Le nostre provviste erano finite, ma la foresta era generosa. La sua bocca all'angolo della mia era viola per aver mangiato le more. Se devo citare una cosa buona, sono stati quei giorni. Due cacciatori-raccoglitori, una tenda, il silenzio. Come se non fosse mai sorto su di noi un Neolitico che ci ha fatto marciare nell'abisso per nove millenni. Nessuna agricoltura che me l'avrebbe portata via.

La luna si sposta dietro le controfinestre. Le ombre dei vetri formano una griglia sul pavimento. Se ho valutato bene Norm, probabilmente avrà già fatto le chiamate necessarie. I miei giorni all'istituto sono contati e l'idea di un'interrogatorio mi spaventa. Prendo la mia decisione in quel momento. Separo le fiale in due file. Ho scritto le etichette a mano, come tributo a un'epoca diversa. Faccio un respiro profondo e apro le fiale una per una con le unghie. Sterilizzando le pinzette e le piastre di Petri, inizio lo scambio. A ogni granello che viene liberato dalle fauci della pinzetta, auguro un viaggio sicuro.

"Dottor Liniard?"

Il sole sta sorgendo. Le guardie in fondo al corridoio sono vestite con i colori della FEWW, ma il loro capitano indossa l'uniforme dell'esercito governativo.

"Sono io."

"Siamo venuti a farle un paio di domande."

Domande per le quali non ho le risposte giuste. Non dopo lo sfogo di ieri sera. Volevo tanto fare la cosa giusta, per lei, per tutti. Anche se sapevo quanto sarebbe stato inutile. Non si può salvare il mondo con lo stesso approccio che lo ha portato sull'orlo della rovina.

"Posso chiedere perché?"

"Glielo diremo al quartier generale. Se potesse venire con noi senza creare problemi..."

Mi alzo. Le guardie entrano nella stanza.

"Il mio lavoro." Indico le fiale. "Nel caso non dovessimo tornare qui stasera. È finito. Qualcuno può farlo sapere al professor Norm Ryan? Che è pronto per l'uso?"

Il soldato annuisce e si rivolge alle due guardie. "Andate a prendere Ryan e assicuratevi che riceva il materiale. Tu, sorveglialo finché non arriva."

Prima di entrare nel veicolo in cortile, mi volto a guardare l'Erbario. Vecchio amico, penso, insieme conteniamo tutta la conoscenza di cui avevano bisogno. Se solo avessero ascoltato. Norm avrà già trovato le fiale. Le porterà di persona al Transcrittoma per l'estrazione. Forse sarà proprio Juniperus ad aggiungere i vecchi geni a quelli del grano addomesticato. I funghi non attaccheranno più il rachide prima che il grano sia maturo. Ma nessuno raccoglierà questo grano.

L'auto sobbalza sul sentiero dissestato verso l'autostrada. Fuori, scorrono campi d'erba giallo-brunastra con chiazze vuote. Per l'ultima volta, sono da solo. Ero l'unico disposto a guardare da una certa distanza. Nessun altro ha visto la bellezza nel luccichio di una cicatrice o ne ha capito il significato.

Solo quando i geni saranno stati implementati e il grano coltivato, scopriranno cosa succede quando lo toccano. La pianta madre scaglierà la sua progenie a diversi metri di distanza. La gente si chinerà per raccoglierla. Non vivrò per vedere cosa farà la FEWW dopo: troverà un altro botanico e ripeterà il programma di ricerca? O continuerà con quello che hanno, in modo che il tempo del raccolto, d'ora in poi, significhi per l'umanità raccogliere il grano dal campo, chicco per chicco. Decido di preferire quest'ultima immagine. Sarà così. Guarda, Annalina, penso, finalmente si inginocchieranno alla grandezza delle piante.

Chiudo gli occhi sul sedile posteriore dell'auto e immagino l'arrivo di una nuova alba di raccoglitori.

Un'oasi di riparazioni

di Floris M. Kleijne

traduzione di Davide Caproni

Floris M. Kleijne (Amsterdam, 1970) è autore di circa cinquanta storie di fantascienza e fantasy in inglese pubblicate su numerose riviste, tra cui Daily Science Fiction, Galaxy's Edge, Short Circuit, Little Blue Marble, Reckoning *e le antologie* Writers of the Future. *La sua novella di fantascienza* Meeting the Sculptor *ha vinto il primo premio al Writers of the Future Contest; il suo racconto* A Matter of Mass *ha vinto il concorso SF Comet. Come Floris Kleijne (senza M puntata intermedia) è anche uno scrittore di thriller: il suo primo romanzo* Klaverblad *ha vinto il premio Schaduwprijs per il miglior debutto nel suspense del 2021, mentre il seguito* Kleinste kwaad *è stato pubblicato nel 2024 ottenendo un ampio consenso critico. Per saperne di più sul suo lavoro, sulla sua scrittura, sulla sua vita reale™ e sul suo pessimo servizio clienti, visitate https://www. floriskleijne.com (fantascienza e fantasy) o https://www.floriskleijne.nl (thriller).*

Avresti dovuto vederlo, Rowan.

Dalla postazione di osservazione sulla piattaforma petrolifera convertita, osservo il gigantesco nastro trasportatore sollevare i blocchi di ghiaccio dall'Oceano Atlantico. Li vedo salire verso la piana costiera della Mauritania. Vedo l'ampiezza da autostrada del nastro sparire verso l'orizzonte, e mi sento come un omino Lego in una zona industriale a grandezza naturale.

Il muro compatto di rumore mi fa sudare tanto quanto il caldo. Le grida, i ruggiti meccanici del nastro trasportatore, lo stridore assordante del ghiaccio e i tonfi fragorosi dei blocchi che ricadono nell'oceano rendono arduo anche solo pensare. Così non penso, ma lascio che il ricordo di te mi pervada; una sensazione agrodolce che amo e temo.

Mentre stavo ancora cercando di combattere l'effetto serra, facendo pressione per stipulare accordi sulle emissioni, investendo miliardi in energie sostenibili e rafforzando le barriere marine in tutto il mondo, tu eri molto più avanti di me. Ti chiamavo pessimista quando dicevi che il riscaldamento globale era un dato di fatto, il risultato ineluttabile della negligenza umana. Mi dicesti che nulla di ciò che potevamo fare per mitigare i nostri errori avrebbe avuto effetti positivi misurabili in un lasso di tempo utile. Sostenevi che era troppo tardi per combattere le cause, e che tutta la nostra influenza e ricchezza sarebbe stata spesa meglio nel rimediare alle conseguenze. Ti diedi del fatalista, deridendoti come un portatore di sventura.

Alla fine, sei stato tu a cedere, preferendo il nostro matrimonio alle tue convinzioni. Questo mi fa stare sveglia la notte: il fatto che tu abbia rinunciato, che tu abbia abbandonato le tue convinzioni per poter appoggiare le mie follie. È questo che l'amore fa su di noi?

Avrei dovuto ascoltarti.

Un altro iceberg si addentra imponente nella baia; una vista surreale sullo sfondo della costa rovente del Sahel. Tre potenti spintori, coi loro motori incorporati, lo guidano nelle fauci dello Schiaccianoci. Ti sarebbe piaciuto quel nome. Le enormi ganasce d'acciaio emergono dalle onde e stringono l'iceberg nella loro morsa, fermandosi a decine di metri dalla punta. Sott'acqua, le trivelle automatiche scaricano la loro energia, facendolo tremare con esplosioni ovattate. A quel punto, la stretta inarrestabile delle fauci ricomincia, finché il ghiaccio non si frantuma in pezzi grandi prima come case e poi come automobili.

Quando lo Schiaccianoci si apre, le navi spazzine entrano in azione, radunando i blocchi più all'interno nella baia. Per quanto violenta e caotica, l'operazione procede senza intoppi e, nell'arco di quindici minuti, i primi pezzi di ghiaccio si sollevano dall'oceano per essere trasportati nell'entroterra.

Le esplosioni, le onde e il rombo del nastro trasportatore attraversano la piattaforma fino a farmi vibrare il petto. Sudando, salgo le scale verso l'antico Chinook in attesa, i cui rotori gemelli tentano di sovrastare la sinfonia di tremori.

È così che la diga tremò prima di crollare.

Eravamo lì alla breccia quando i Paesi Bassi furono sommersi. Un paesaggio apocalittico di nuvole nere ribollenti incombeva sul Mare del Nord. Un vento spietato sradicava l'erba di marram, sferzando la sabbia con una furia abrasiva. Nel momento in cui le barriere del Progetto Delta nella Zelanda cedettero all'assalto dell'acqua, enormi porzioni del litorale olandese vennero mangiate dalle onde fragorose. L'evacuazione del paese, che io avevo insistito nel rimandare nella convinzione che le barriere avessero retto, non era stata completata nemmeno a metà.

Era il senso di colpa che mi spingeva a trasportare sacchi di sabbia? Era l'amore che ti teneva al mio fianco? Almeno so cos'era ciò che provai quando la diga crollò, e tu fosti trascinato via dalla corrente e io veniva tirata in salvo, urlando il tuo nome fino a farmi sanguinare la gola.

Quella fu la mia punizione.

Ora sto facendo ammenda, Rowan. Non piangere su ciò che è già perduto, mi dicesti. Concentrati su ciò che resta. Tu te ne sei andato, amore mio, ma io sono ancora qui.

"Si scioglieranno comunque," dicesti alzando le spalle. "Entrambi. Nord e Sud. Non c'è modo di invertire il processo, ormai."

"Ma se lasciamo che accada, il livello del mare si alzerà di sei metri. Perderemo intere regioni costiere, milioni di vite. Pensi che me ne starò qui seduta a guardare mentre succede?"

Scuotesti la testa e sorridesti. "Si scioglieranno. Ma la domanda è: possiamo farli sciogliere dove miliardi di litri d'acqua dolce possono fare del bene?"

Il Chinook sorvola Nouamghar e segue il nastro trasportatore. Su ambo i lati, le sabbie roventi del Sahara Occidentale si estendono fino all'orizzonte luccicante. Da quassù, il nastro somiglia a una striscia nera larga trenta centimetri ricoperta di ghiaccio tritato. Ma io conosco la sua ampiezza reale, e la mia mente si blocca nel tentare di calcolare quanta acqua stia viaggiando verso l'interno.

Stiamo già alzando la falda acquifera, Rowan. C'è voluta tutta la fortuna accumulata con l'energia sostenibile, e assorbe ogni gigawatt di eneriga solare dalla fattoria in Algeria, ma sta succedendo.

A circa novanta chilometri nell'entroterra, la stazione di fusione-A rifornisce il centro d'irrigazione Benichab. Dall'elicottero, guardo il cerchio che si espande a poco a poco intorno al centro, la terra verde: le widiān, un tempo aride per la maggior parte dell'anno, adesso sostengono datteri, noci di cocco e prati.

Avresti dovuto vederlo.

BALLANDO COI TORNADO

di Jaap Boekestein

traduzione di Davide Caproni

Jaap Boekestein (1968) scrive fantascienza, fantasy e horror dalla fine degli anni '80 in olandese e inglese. Ha pubblicato oltre 400 storie e una dozzina di romanzi e novelette. Ha vinto il Premio Paul Harland per il miglior racconto e il Premio Bemoste Beeld come riconoscimento alla carriera. Ha lavorato per diverse case editrici e riviste di genere come Holland SF *e* Wonderwaan. *Insieme a Tais Teng ha creato un nuovo genere di fantascienza: lo ziltpunk, che parla di futuri positivi, grandiosi e pieni di novità per i Paesi Bassi dopo immensi cambiamenti climatici; futuri in cui i tornado sono coltivati per la loro energia, o dove i Paesi Bassi sono inondati da un mare di ghiaccio, protetti da un argine alto una chilometro, e molte altre innovazioni. Nonostante le sue storie possano essere incredibili, vive una vita molto normale nella città costiera de L'Aia, dove lavora nell'IT come impiegato pubblico.*

"Pronto, Adriaan. Qui Haaye. Allora, ce ne hai preparata una bella?" risuonò alla radio.

"Pronto, Haaye. La tempesta Cortez è matura e impetuosa," rispose Adriaan dal centro di comando sulla 115ª Maasvlakte. L'isola artificiale si trovava a qualche centinaio di chilometri a sud dell'arcipelago inglese, e costituiva il cuore del Calderone delle Streghe, dove già da dieci anni venivano create le tempeste per Volendam.

"Proprio come le donne che piacciono a me," rispose il guardiano degli uragani che veniva a prendere l'ultima tempesta per le pale mai sazie e i mulini di Volendam.

"Ah, lo dico sempre anche io dei miei uomini!" ribatté Adriaan.

"Be', tu sei proprio un bel tipetto! Allora vengo a prendere l'uragano Cortez adesso."

"No, aspetta, Haaye. Dieci minuti e sarà tutto tuo. Te lo parcheggio nella zona di trasferimento."

"Alla grande!"

Adriaan si allungò e spinse con le braccia. Era *lui* l'uragano. O almeno, così sembrava. Le informazioni di decine di droni inondarono il suo cervello, traducendosi in punti di pressione e di temperatura sulla sua tuta. Per quanti uragani avesse pilotato prima, era sempre un'esprienza straordinaria.

La resistenza era enorme ma all'esterno l'uragano si spostava lento nella direzione voluta da Adriaan. Una rotazione dei fianchi, un colpo di spalle; le zone di temperatura e di pressione cambiavano e l'intera tempesta si muoveva insieme a lui. Era come danzare con un uomo ubriaco e muscoloso in una vasca di sciroppo.

Prima di allora, guidare un uragano era una questione di forza bruta: stimolazione di fronti caldi e freddi, laser a microonde e neve al carbonio. Era un lavoro tutt'altro che raffinato: un colpo nella direzione giusta, nella speranza che la tempesta si dirigesse dove volevi.

Era un mestiere così primitivo se paragonato alla tecnologia di oggi: droni con scudi anti-urto, campi di particelle supercariche e generatori di massa negativa rendevano la semina e la guida degli uragani molto più facili. Tifoni, cicloni, tornado, tempeste e acquazzoni... Tutto poteva essere consegnato con la precisione di pochi metri e secondi.

Ma per Adriaan non era abbastanza. Nel tempo libero, aveva perfezionato la tecnologia fino a ottenere una precisione e un tempismo al livello di centimetri e microsecondi.

Non che alla Guardia degli Uragani interessassero queste innovazioni.

"Bel giocattolino," era stata la reazione del capo guardiano Van Dessingens, "ma a che serve? Amico, tu semini e guidi tempeste verso le pale e i mulini delle centrali energetiche e lì generano elettricità. Non cambia nulla se arrivano un metro più in là o un secondo in ritardo."

Tuttavia, era una sorta di orgoglio professionale guidare l'uragano nel modo più preciso possibile. Anche se si trattava al massimo di venti chilometri, fino al bordo del Calderone delle Streghe dove i guardiani prendevano in consegna le tempeste, all'interno dei suoi venti chilometri, Adriaan aspirava alla perfezione.

Dopo dieci minuti, l'uragano arrivò sul punto desiderato e Adriaan consegnò la sua creazione ad Haaye.

"Ce l'ho. Grazie, alla prossima!"

A poco a poco, Adriaan si rilassò. La pressione della sua tuta era sparita, il flusso d'informazioni cessato. Si spogliò e si fece una doccia. Questo era l'ultimo uragano della settimana. Il suo turno era finito e poteva andare a divertirsi a Volendam. Finalmente, di nuovo a casa. Anche se, in realtà, la vita sociale sulla 115ª Maasvlakte non poteva proprio definirsi vivace.

Stasera, appuntamento con Valentio. Spero abbia qualche novità sullo spettacolo. Lui è la stella, e io curo gli effetti speciali. La combinazione perfetta.

Valentio era in apparenza troppo vigliacco per rompere con lui di persona.

L'appartamento era vuoto e la video-segreteria si accese in automatico non appena Adriaan mise piede in casa. '*...credo che tra noi non possa funzionare. Né sul piano affettivo, né su quello professionale. Ti auguro il meglio e...*'

Con un'imprecazione, Adriaan chiuse il messaggio. *Valentio se n'è andato. Tutti i nostri piani...*

Adriaan odiava autocommiserarsi, ma c'era mai stato sulla Terra un mestiere più triste del suo? E così ingiusto, per giunta.

Che diavolo, sono un seminatore d'uragani, uno dei più bravi. Solo che non voglio farlo per tutta la vita. Un vero abitante di Volendam lavora nel mondo dello spettacolo.

Ora, Adriaan non sapeva intonare nemmeno una nota e i suoi testi rimanevano a un livello da principiante di quinta categoria; tuttavia, *sapeva* come inscenare uno spettacolo coi fiocchi. L'aveva già dimostrato in una dozzina di piccole produzioni e adesso era giunto il momento – il grande momento – di lavorare per gli spettacoli e i gruppi migliori. Gente come i Nuovi Gatti, Andrea e i Cantori del Mare Salato, Jean-Paul Palingdijke, e gli Audaci Spaccamolluschi. Chiunque avesse frequentato quel giro, ce l'aveva fatta.

Tutto quello che chiedo è un'occasione. Una sola, piccola occasione...

Dato l'umore in cui versava, Adriaan non aveva affatto bisogno di compagnia.

Dopo una serie di bettole di periferia – frequentate in larga parte da lavoratori immigrati e anime perdute come la sua – si ritrovò, un po' brillo, davanti al teatro Zuiderkade. Quand'era piccolo, aveva visto proprio lì uno spettacolo di Frozen XXXIII, la versione in cui i troll di ghiaccio rapivano Bleke Elric, pronipote di Elsa, per farlo sposare col principe Thor.

O almeno, così era tanto tempo fa: i vecchi decori erano spariti da un decennio e sopra l'entrata non c'era più alcun diffusore di profumo. Sulla moquette rossa c'erano macchie di salsa per patatine fritte e striscie di kelp: a quanto pareva, mancavano i soldi per assumere persino l'impresa di pulizie inglese più economica che ci fosse.

"*Games of Thrones Traveling Ice Skate Musical – Weekend di apertura!*" recitava l'insegna lampeggiante all'entrata. Fiamme, spade affilate e tempeste di ghiaccio vorticavano attorno al titolo. In uno slancio, Adriaan decise di entrare. Magari un classico come quello, con fiumi di sangue e sesso sfrenato, l'avrebbe tirato fuori dal suo patetico malumore? Ma forse ci volevano uomini e donne avvenenti in carne e ossa per quello.

"C'è posto?" chiese Adriaan alla cassiera, la quale se ne stava seduta dietro al vetro con una colonna di capelli rosa zucchero filato in testa, a sferruzzare un maglioncino per bambini.

"Tesoro, c'è tutto il posto che vuoi."

Adriaan si stravaccò nella poltrona, guardando con aria assonnata i pattinatori sul palco. Sebbene fosse un classico, la sua mente annebbiata non riusciva a raccapezzarsi. Gli attori recitavano in un vecchio inglese da BBC e i sottotitoli proiettati su grandi fasce per aria apparivano tre secondi in anticipo o in ritardo: *(suono di porta che si chiude)* prima ancora che si vedesse una porta; oppure *(urlo di uomo morente)* mentre due amanti si stavano ancora baciando.

Costumi antiquati, effetti speciali da quattro soldi. Inoltre, la maggior parte degli attori non aveva *la stoffa*. Sul pattinaggio in sé, be', non c'era molto da ridire. Attori, ballerini e ballerine giravano e volteggiavano. Un mangiafuoco, alto di statura, sputava spirali infuocate dalla bocca e le faceva rotolare sul ghiaccio, come un drago. Una spadaccina danzava sfrecciando qua e là, cimentandosi in vari ruoli; e durante ogni scena di sesso e di orgia, una minuta incantatrice di serpenti dava vita, con gran verve, alle posizioni e alle combinazioni più suggestive.

Ma, a parte questo... *Dio! che mattone di spettacolo!*

Una folata di vento investì il palcoscenico. Volute di fumo bianco si muovevano verso il porto dove i nordisti in fuga si stavano per imbarcare. Nella tempesta si agitavano ombre di zombi di ghiaccio.

Gli attori pattinavano, come posseduti, in lungo e in largo. Urla, colpi di spada. Un Jon Snow un po' bassino volava sui pattini, brandendo la spada, mentre uno dei maghi del ghiaccio – avvolto in una tuta di pelle nera ricoperta di squame lampeggianti al neon blu – lo assaliva.

Volteggia, gira, sferza.

Proprio come un tornado, pensò Adriaan nella sua mente offuscata. *Un tornado sul palco.* Con un grido straziante, il mago stramazzò sul pavimento ghiacciato.

Adriaan si raddrizzò sulla poltrona e sbatté le palpebre. *Proprio come un tornado...*

Il Vecchio sopra la Montagna, il Gran Mullah dell'Inquisizione Verde, stava sorseggiando acqua fresca che l'Ascoltatrice della Sua Parola gli aveva offerto in una rozza ciotola di terracotta.

Fuori, nel cortile, i dervisci volteggiavano in modo vorticoso. Uomini e donne, vestiti con abiti tradizionali, danzavano in estasi, sperando di sentire la Sua voce. La voce della Madre Terra, la Grande Madre, la fonte di Tutta la Vita. Lei era il Tutto, e l'Inquisizione Verde era la sua spada.

"L'acqua è stata raffreddata in maniera naturale nelle profondità della terra. Non è stata usata nemmeno una goccia d'energia," specificò l'Ascoltatrice. "L'ho estratta io di persona."

Il Gran Mullah non si aspettava altro. Lo spreco era ritenuto un sacrilegio dall'Inquisizione Verde. L'ufficio dell'Ascoltatrice era privo d'orpelli: nessun cuscino sulle panche di pietra, nessun tappeto sul pavimento d'argilla.

"Hai selezionato i danzatori?" chiese il Gran Mullah.

"Due donne, le più attraenti della nostra scuola; benché la bellezza non sia mai stata un requisito per essere amessi qui. Sono ancora dervisci in erba. Samantha della Baviera è al terzo si dovrebbe diplomare fra tre mesi. Fiola dal Chad è al primo anno."

"E hanno già avuto il permesso di ascoltare la Sua voce?"

"È un privilegio concesso a pochi. Tutto ciò che possiamo fare è danzare e ascoltare."

"Forse quella tecnologia che usano a Volendam cambierà le cose," suggerì il Gran Mullah, "e ci permetterà di ascoltare la Sua vera voce, anziché dei sussurri frammentati."

"Interessante," disse Jean-Paul Palingdijke, il cantante più sfavallante di Volendam. Ogni millimetro quadrato del suo corpo apollineo era curato alla perfezione, dal sorriso bianco smagliante alla linea di lentiggini perlacee sotto l'orecchio sinistro. Aveva la voce di un angelo, il carattere di un diavolo giocherellone, l'aspetto di un dio greco.

"Interessante?! Senti, insegnare a tua nonna come guidare un peschereccio per le aringhe è interessante! Questo numero è più che *interessante*! È letteralmente lo spettacolo d'apertura migliore di sempre!" Adriaan fece un gesto verso la simulazione dello spettacolo sulla terraferma. In quanto ragazzo di Volendam, non aveva dubbi, la spavalderia gli era stata inculcata fin dalla più tenera età.

Nella simulazione, Jean-Paul era su un palco all'aperto con tre ballerine. Una decina di chilometri più in là, un suo ologramma gigantesco offuscava il cielo. Tre tornado vorticosi danzavano attorno alla star.

"Penso ci vorranno una ventina di secondi prima che il

pubblico si accorga che i tornado si muovono allo stesso modo delle ragazze. Potremmo sincronizzarlo durante il primo 'cuore infranto' del tuo numero."

"Mmh…" Jean-Paul tentò di non far trasparire nulla, ma era chiaramente *molto* affascinato. "Il pubblico non crederà che sia una finzione? Solo una proiezione?" Il cantante mescolò il suo latte macchiato decaffeinato.

"Ci ho pensato," lo rassicurò Adriaan. "Per prima cosa, sentiranno sicuramente l'energia e il rumore, ma se piantiamo qui una foresta di bandiere metalliche e ci facciamo passare il pubblico fino all'arena, poi, durante il numero d'apertura, vedranno tutte quelle bandiere alzarsi in aria. Niente fa più impressione della totale distruzione del luogo dove camminavi fino a un attimo prima."

"Le bandiere… possiamo farle cambiare di colore mentre vengono risucchiate dai tornado? Farebbe proprio al caso nostro."

Adriaan premette un paio di pulsanti. "Ci ho pensato. Attenzione. Guarda!"

Ho fatto centro, ne sono certo. Si accorse dello sguardo con cui Jean-Paul lo guardava. *Forse anche più di un centro…*

Spero che quel virus funzioni, pensò Fiola mentre osservava la sala d'attesa. *Altrimenti io e Samantha non ce la faremo a superare l'audizione.*

L'intera sala era piena delle ballerine più belle e talentuose che la capitale internazionale dell'intrattenimento potesse offrire. Si vociferava che questo fosse lo spettacolo di Jean-Paul Palingdijke, e che chiunque avesse ballato qui avesse raggiunto l'apice della fama. Alte, basse, bionde, rosse, brune, con i capelli neri, le meshes o multi-tinta. Gambe, glutei, seni e visi perfetti.

Certo, Fiola e Samantha erano state sottoposte ai trattamenti delle migliori cliniche di bellezza che le tasche senza fondo dell'Inquisizione Verde potessero permettersi, ma le altre ballerine avevano già anni di esperienza nella gara a chi fosse la più desiderabile.

La sopravvivenza del più sexy.

Fino a un mese fa, Fiola e Samantha dormivano ancora sotto coperte di capelli intrecciati e si lavavano una volta a settimana sotto un fio d'acqua fangoso.

Samantha era seduta qualche posto più in là, a parlare con una ragazza dagli enormi occhi scuri, simili a quelli dei personaggi dei manga, e ciglia lunghissime. Sam non sembrava affatto preoccupata. Aveva la fiducia di un derviscio quasi compiuto. Nulla aveva importanza, tranne la danza e le parole. Accettazione, abbandono, estasi. Samantha dominava già tutto ciò. Fiola invece aveva appena imparato l'accettazione, ma continuava a sbattere contro la barriera che la separava dall'abbandono. E l'estasi? Non c'era ancora arrivata, neanche un po'.

Fiola chiuse le palpebre con l'intenzione di pregare la Madre Terra, ma non poté fare a meno di scrutare il gruppo di ragazze raccolte. *Chi è l'agente dell'Inquisizione Verde? Chi diffonderà il virus?* Non avrebbe dovuto guardare, ma non poteva farne a meno. *E spero che quelle iniezioni che ci hanno fatto funzionino davvero!*

Gemendo e girando su sé stessa, verde come un pezzo d'alga scolorita dal sole, la ballerina uscì barcollando dalla colonna di luce e d'aria. Lo strato di brillantini era scomparso e, invece di uno sfavillante abito da coniglietta, portava una tutina grigio pallido con dei sensori adesivi gialli.

Non fu Adriaan ad abbandonare il pannello di controllo per soccorrerla, bensì uno degli assistenti che, forte della propria esperienza, era già pronto con asciugamano e secchio.

La ballerina, una ragazza dagli occhi enormi, si aggrappò all'assistente e vomitò nel secchio.

Ci risiamo! Adriaan digrignò i denti. *Cos'è che non va in tutte queste ragazze? Hanno l'organo dell'equilibrio danneggiato? Tutte le ballerine si sentono male quando si mettono il costume da tornado.*

Un senso di disagio s'insinuò in lui. E se nessuna fosse stata adatta al numero? Senza ballerine, Jean-Paul l'avrebbe scaricato come un drone rotto in una torrida giornata estiva. Inoltre, sarebbe diventato lo zimbello di Volendam. Ormai tutti nel business erano curiosi di vedere le sue danzatrici-tornado. Se avesse fallito, non gli sarebbe stato permesso nemmeno di organizzare uno spettacolo di danza con gli zoccoli nel quartiere dei lavoratori immigrati.

"La prossima!" abbaiò Adriaan stizzito.

"Fiola," lesse Mieke, la sua assistente personale nonché amica di vecchia data, mentre una ragazza dalla pelle nera quasi quanto la notte e con un enorme chioma rasta entrava sulla scena. Molto avvenente; come tutte le altre ballerine, del resto. Pareva avesse un'aria insicura, il che era alquanto disarmante.

Accettazione, abbandono, estasi.

"Salve, io ehm… vorrei esibirmi sulle note di *All'alba sorgerò*, del primo *Frozen*. Ecco, mi… aiuta sempre ad entrare nel giusto stato d'animo." Unì per un momento le mani, di certo per formare il simbolo della Terra Tonda, ma all'ultimo ci ripensò.

"Ok, Fiola. Hai letto le istruzioni? Bene. Indossa il vestito, così possiamo cominciare."

"Due!" gridò Adriaan. Aveva cucinato spaghetti con cozze e gamberi. Mieke si era portata un paio di bottiglie di Sauvignon Blanc algerino. "Sono cinque giorni che facciamo audizioni, abbiamo visto centinaia di candidate, e qual è il risultato? Due ballerine che non hanno vomitato l'insalata e l'acqua minerale. Certo, loro sono brave, ma non del livello che speravo."

"Quando guidano un tornado, non importa se sono bravine o eccezionali," disse Mieke. "Quella Fiola però ha qualcosa di carino, e quella Samantha... Rrr!"

"Già, già, una valchiria bionda e ambiziosa. Proprio il tuo tipo. Hai la mia benedizione! Ora però c'è un problema enorme: il numero che ho venduto a Jean-Paul prevede tre ballerini, non due."

"E perché non lo riempi tu, questo buco?" suggerì Mieke. "Te la cavi bene con un costume del genere. Per essere un uomo non sei niente male, e conosci tutte le mosse necessarie. Lo spettacolo è tra sei mesi, no? Con un bravo coreografo e i giusti miglioramenti, potresti far ballare il tango anche a un tavolo di legno." Mieke ridacchiò e bevve un sorso di vino. "E se Jean-Paul vuole proprio una danzatrice, be', vuol dire che ti convertirai, no? Forse allora vedrò qualcosa in te."

Adriaan le fece una linguaccia. "Sì, ti voglio bene anch'io, noiosa monosessuale."

Mieke alzò il mignolo. "Che linguaggio indecente, caso mai. Da classico Harvey Weinstein."

"Pff, continua pure a sognare quella Samantha. Comunque, la tua non è affatto una cattiva idea, sai? Sarò io il terzo ballerino, finché non avremo capito cosa sta succedendo alla nostra tecnologia."

L'assistente di Adriaan sorrise. "Che bella notizia, più che altro perché ho visto il dessert che hai preparato. I ballerini devono stare attenti alla linea, tesoro."

"Ehm... la dieta comicia domani!"

L'Ascoltatrice della Sua Parola, con la camicia a fiori, pantaloncini, sneakers e cappello di paglia, appariva molto meno impressionante rispetto alla solita tunica scura. Una normale turista curda che prendeva la funivia per raggiungere la cima del Seno d'oro, il punto più alto di Volendam. E, per puro caso, viaggiava con due ragazze scintillanti: gioielli Deco, vestiti Apple colorati, capigliature intrecciate con fili lucenti, trucco perfetto, unghie dorate, gambe tornite, tacchi King Louis.

Non c'era nessun altro lì con loro.

"Sono quattro mesi che lavorate, e ancora nessun risultato," concluse l'Ascoltatrice. Le sue mani giocherellava con un rosario fatto di falangi consumate. Perfetto come corda da strangolamento.

"Adriaan è del tutto paranoico riguardo alla tecnologia," disse Samantha. "Finora abbiamo visto solo tornado simulati. Non il numero completo. Mi sono ingraziata la sua assistente, Mieke, ma nemmeno lei si può avvicinare ai giocattolini di Adriaan. Lui non si fida. A quanto dice Mieke, lo spettacolo d'apertura di Jean-Paul sarà la prima volta in cui danzeremo con i tornado. Solo allora avremo la nostra occasione."

Fiola annuì. "Confermo. Facciamo del nostro meglio, ma questi inquinatori ambientali sono un branco di astuti scorpioni; tutti buone maniere e giovialità. Non fraintendermi: restano comunque olandesi col portafogli sempre in mano. Che schifo."

"Disgustosi," aggiunse Samantha.

Dolce come una piuma, la cabina giunse alla ringhiera dorata della piattaforma panoramica che pendeva come un piercing ad anello intorno al capezzolo dorato alto sei metri. Nessuno aveva mai accusato gli abitanti di Volendam di essere astuti.

"Continuate a provare," fu l'unica cosa che disse l'Ascoltatrice prima di scendere.

Fiola e Samantha si guardarono. Non osarono seguirla. Rimasero sedute finché le porte non si richiusero e la cabina ripartì oscillando nel suo viaggio di ritorno.

Fuori, si poteva scorgere Volendam in tutta la sua gloria e bellezza: cupole multicolori, torri sfarzose, schermi giganti, pappagalli enormi e variopinti, e l'ultima moda, ghirlande di fiori strisciati e rampicanti, che cantavano motivetti pubblicitari. Rispetto alla scuola di danza del convento sulle brulle montagne di Alborz, questo sembrava un altro pianeta.

"'Mi sono ingraziata la sua assistente Mieke,'" Fiola scimmiottò l'amica. "Se non avessi avuto tanta paura, me la sarei fatta sotto dalle risate. Ma hai fatto bene a non dirle nulla di cene, giornate alle terme, appuntamenti, seminari sui massaggi tantrici, e gite del fine settimana."

Samantha arrossì, cosa che si addiceva alle sue guance pallide.

"Io... Noi serviamo la Madre Terra, ognuno a modo suo. Ho solo visto un'occasione e l'ho colta, e Mieke è un contatto prezioso. E io non ho aperto bocca su quello che stai combinando tu con Adriaan e Jean-Paul, no? Tutti e tre insieme, solo voi tre, o sbaglio?"

Adesso fu Fiona ad arrossire. "Ehm, no." *Ok, questo me lo sarei potuta aspettare.*

"Dimmi, è vero quello che dicono?" Samantha si fece un po' più vicino.

"Su Jean-Paul? Che lui... sai, no... lì sotto è *sia* uomo *sia* donna?"

Fiola fece segno di no con le mani. "Mi hanno fatto firmare un accordo: non posso dire nulla!" Si guardò intorno, ma era del tutto inutile, erano ancora sole. "Non posso dirti niente davvero. A parte forse che... ci sono molte possibilità *interessanti*, con Adriaan e Jean-Paul in un solo letto."

"Oh! Lo sapevo! Vai, ragazza! Sei una troietta."

Fiola accolse quel complimento con un gran sorriso. Momenti di risatine, di segreti condivisi, di sollievo.

"Un po' mi mancherà, dopo," disse infine Samantha, indicando lo spettacolare panorama fuori dal finestrino.

"Tornare a scuola..." mormorò Fiola.

"Certo." Non suonava affato certo.

La cabina tornò al punto di partenza e le porte si aprirono.

Le due ragazze scintillanti di Volendam uscirono accompagnate dal ticchettio dei tacchi.

La diga marittima dei Paesi Bassi si chiamava Tripla Diga poiché composta da tre parti. Quella massiccia, la più esterna, non era bassa o altro; serviva principalmente ad assorbire la maggio parte dell'impatto di tsunami, uragani e inondazioni. La più interna era anche la più alta: molto più alta che spessa, aveva solo lo scopo di trattenere l'acqua che saliva lentamente. La diga intermedia si snodava lungo i dieci chilometri tra la diga esterna e quella interna. Era necessario creare un bacino di ritenzione durante le maree primaverili? Nessun problema, la diga intermedia si spostava verso quella interna. La diga esterna non bastava a contrastare la potenza delle onde durante un uragano? La diga di mezzo si muoveva verso il mare, fungendo così da secondo frangiflutti. Tre dighe in una, da cui il nome Tripla Diga.

Il colmo era che la federazione belga aveva solo una diga marittima, a cui però aveva dato tre nomi: la Muur-Mur-Wand. I francesi avevano chiamato la loro diga Le Grand, mentre i Regni Uniti di Spagna avevano scelto El Protector. In Inghilterra... oh, giusto, gli inglesi non avevano una diga. A malapena c'era ancora un'Inghilterra.

Sopra la terra da poco bonificata di Mont Saint-Michel volteggiavano i gabbiani. La pianura fangosa era ricoperta da una foresta sterminata di bandierine metalliche. In mezzo, si allungava un sentiero che conduceva il pubblico dal parcheggio alle tribune costruite sul lato esterno de Le Grand. Il palco all'aperto si trovava davanti alla diga, con le spalle alla pianura. C'era spazio per ventimila persone. Quattro mesi prima, nel giro di cinque secondi, erano andati esauriti tutti i posti per il concerto di Jean-Paul Palingdijke.

Nei camerini sotto il palco, il caos regnava incontrastato su quello che pareva un vero e proprio manicomio.

"Più brillantini attorno agli occhi," disse Samantha alle tre truccatrici che la stavano preparando. "E le labbra, le voglio molto più rosse."

Diva! Fiola cercò di buttarla sul ridere, ma senza successo. Non rideva, non piangeva né tremava. Se ne stava lì zitta, seduta, come congelata. Le mani esperte delle truccatrici facevano il loro lavoro. Doveva essere perfetta. Stasera avrebbero ballato per la prima volta con dei veri tornado.

Quello stesso giorno, Adriaan aveva mostrato loro i nuovo costumi.

"Questi gioiellini ci renderanno famosi."

Fiola ci credeva; o almeno *voleva* crederci. Che lei e Samantha sarebbero diventate famose come ballerine dello spettacolo più importante del mondo. E non che, in quanto agenti provocatori, sarebbero scappate con la preziosa tecnologia di Adriaan affinché un gruppo di ballerini, in un freddo monastero di montagna, potesse danzare su larga scala per ascoltare le parole di Madre Terra.

È tutto una favola. Un sogno. Un'invenzione.

In quel momento, aveva guardato Samantha e capito che la sua amica provava la stessa cosa. Fiola sapeva anche, con assoluta certezza, che avrebbero portato avanti i loro piani. Già una volta avevano danzato per la Madre Terra, e sarebbe successo ancora, solo stavolta avrebbero ballato con dei tornado.

Accettazione, abbandono, estasi. Puro, limpido, immacolato. Niente scintillio luccicante, niente sesso, droga e rock 'n' roll.

Volendam era il sogno bagnato, la favola incredibile, la sporca bugia di un popolo sprecone.

Quel pomeriggio, Fiola ne era davvero sicura.

Sul terzo sgabello, Adriaan stava meditando a occhi chiusi. Non erano mai riusciti a trovare una terza ballerina. Proprio come lei, anche Adriaan era stato morso dalla serpe dello showbizz. Chi aveva l'occasione di stare sotto i riflettori non faceva mai volontariamente un passo indietro.

Risuonò un segnale.

"Ancora cinque minuti," squillò la voce di Mieke.

L'uragano incombeva, nero come l'inchiostro sul mare, illuminato di tanto in tanto da una raffica di fulmini. Il pubblico era elettrizzato. Al giorno d'oggi, gli uragani potevano essere guidati con la precisione di un metro, ma cosa sarebbe successo se stavolta non avesse funzionato? Sugli spalti, gli spettatori sedevano senza alcuna protezione. Nemmeno una tettoia sulla testa.

L'orchestra attaccò: un assolo di corno francese, seguito dai colpi ben ponderati di un tamburo giapponese Taiko. Dal muro di tenebra si allungarono tre proboscidi: tornado, pezzi dell'uragano che erano giunte a terra.

Tre danzatori emersero dal palco: due donne e un uomo. Erano vestiti con abiti e gioielli indiani colorati e succinti. Invece di spostarsi, i tre rimasero al loro posto, dondolando avanti e indietro.

I tornado si avvicinavano sempre di più e il pubblico iniziava ad agitarsi. C'era forse qualcosa che non andava? La pressione atmosferica e la temperatura erano cambiate. L'energia si accumulava in ogni punta di capello, nel profondo delle viscere fino alle estremità delle dita delle mani e dei piedi.

"Signore e signori, niente panico. Quello che vedete fa parte dello spettacolo. Rimanete seduti e godetevi lo show!" La musica aumentò in un crescendo.

Alla fine, a pochi chilometri dal palco, i tornado si placarono. Le bandierine metalliche, che nel frattempo erano state risucchiate in aria, lampeggiavano ciascuna nei colori di uno dei ballerini.

Sugli schermi laterali del palco, alti trenta metri, i tornado ondeggiavano a ritmo.

Applausi e le acclamazioni si decuplicarono quando Jean-Paul salì sul palco. Il suo corpo snello e androgino era azzurro e dotato di un paio di braccia in più. Una collana di teschi luminosi gli pendeva dal collo, un terzo occhio lampeggiava sulla sua fronte, appena sotto la corona lucente.

Era Kali, distruttore del male, Madre Celeste, Creatore dell'Universo, vera essenza di Braham, Santo Protettore, colui che porta la redenzione. Era Jean-Paul Palingdijke, dio del Paling-pop di Volendam e signore dello Sfarzo e del Luccichio.

La figura azzurra apparve sugli schermi e in mezzo ai tornado, alta più di tre chilometri.

"Te ne vai,
ma dove?
Tutto ciò che sento
è male al cuore."
Al primo 'male al cuore', i tre danzatori fecero un rapido movimento di spinta col bacino, e i tre tornado si mossero con loro.

Il pubblico andò in visibilio.

"Tanto dolore,
senza il tuo respiro salato.

Tanto dolore,
senza il tuo respiro salato."
Ventimila voci cantarono con lui il ritornello.

Samantha iniziò, Fiola lo vide. La danzatrice bionda si appoggiò sul piede sinistro e iniziò a volteggiare, con le braccia sollevate. Ballava La Danza, il richiamo alla Madre Terra, la danza dell'accettazione, dell'abbandono e dell'estasi. La testa pendeva molle, gli occhi rovesciati. Danzava.

Fiola la seguì, in automatico. Non c'era piano, né intenzione, solo la certezza che *doveva* farlo.

Il tornado era lei, lei era il tornado. Lei era la danza, il tornado era la danza.

Danza, danza, danza, gira, gira, gira.

A ogni giro, Fiola si lasciava andare sempre di più, alla danza, al tornado. Girava e girava, come la Terra, come la Via Lattea, come l'universo, come il Tutto.

Accettazione, abbandono, estasi.

Accettazione, *abbandono*, estasi.

Accettazione, abbandono, *estasi!*

Jean-Paul intanto cantava, un essere azzurro celeste circondato dalle forze della natura. Ma che cos'era?

Due tornado tremolarono, si trasformarono, e all'improvviso assunsero la forma delle due danzatrici sul palco.

Loro erano i tornado, e i tornado erano loro.

Stavano ballando La Danza.

"Ma... che... cazzo?" furono le uniche parole che Mieke, dall'alto della diga, riuscì a pronunciare. Questo non faceva parte dello spettacolo. Assolutamente no. Adriaan era troppo paranoico e ogni passo, ogni movimento era stato scolpito in modo maniacale nel copione.

Stava succedendo qualcosa di totalmente diverso.

A bocca aperta, Mieke continuò a guardare. Era uno spettacolo bellissimo, doveva ammetterlo.

Esegui La Danza. Invocala, ascoltala.
Accettazione, abbandono, estasi.
Ascolta, e Lei parlerà.
E Lei parlò.
La Madre Terra parlò.
Parole... erano molto più che parole.
Parlò alle menti, ai cuori di tutti i presenti: mantra, editti, mille enigmi che d'un tratto divennero cristallini. Cose impossibili da esprimere a parole, ma che tutti sentivano. Gli enormi flussi di magma, i continenti in movimento, le turbolenze dell'atmosfera, la carezza dei venti solari.

Sul palco, Jean-Paul e Adriaan s'inginocchiarono in estasi, mentre rivoli di lacrime solcavano il loro volti. Le danzatrici-tornado intanto ballavano ancora.

Anche i ventimila spettatori s'inchinarono, estasiati; in tutto il mondo, le decine di milioni che seguivano il concerto tramite collegamento VR s'inginocchiarono. Piangendo.

Fu la più grande conversione istantanea nella storia dell'umanità.

La Madre Terra parlò e le sue danzatrici tornado danzarono.

Il Vecchio sopra la Montagna, il Gran Mullah dell'Inquisizione Verde, sorseggiava il suo whisky single-malt invecchiato sessant'anni mescolato con Champagne Napoleon.

"Vi ringrazio per la quinta Rolls Royce volante, Vostra Santità," disse. "Mi mancava un modello color grigio siderale tempestato di diamanti."

Jean-Paul Palingdijke, il nuovo Grande Inquisitore dell'Inquisizione Verde, fece ondeggiare la mano. "Non c'è di che, tesoro. È tutto per la Madre Terra, no?"

Dal momento in cui venti milioni di nuovi seguaci si erano uniti in contemporanea all'Inquisizione Verde, alcune cose erano cambiate. Soprattutto quando quei nuovi membri avevano proposto il nuovo santo, Jean-Paul Palingdijke – il profeta che aveva dato un palco alla Madre Terra – come Grande Inquisitore.

La scuola di danza del monastero sulla catena montuosa di Alborz aveva ora il riscaldamento, l'acqua corrente, una connessione a internet e interni nuovi di zecca, ad opera di uno dei migliori stilisti di Volendam.

Nel cortile c'era una fontana di profumo e, sui cuscini vibranti del piacere, l'orgia pomeridiana era in pieno svolgimento. I lunghi tavoli erano imbanditi con un buffet a tema: i piaceri estinti. Piccioni migratori arrostiti, dodo ripieni, paté di tigre dai denti a sciabola, carpaccio di uro.

"Che fine ha fatto l'Ascoltatrice?" chiese il Gran Mullah. In passato, informarsi sulle persone scomparse non era mai stato saggio. Chi scompariva aveva fallito nel servire in modo adeguato la Madre Terra. Tuttavia, il nuovo regime sembrava molto più clemente in questo senso. Negli ultimi mesi, non c'era traccia né del solito scorpione nella brocca d'acqua, né della corda da strangolamento tintinnante.

"Non avevamo più bisogno di lei," rispose Jean-Paul con nonchalance. "Perfino i sordi hanno sentito le Sue parole forte e chiaro. La poveretta ha avuto qualche difficoltà ad adattarsi al nuovo corso. Si è ritirata e ora vive in una grotta nel deserto del Gobi. Alleva millepiedi e pare che si stia divertendo molto."

"Che donna bizzarra," replicò il Gran Mullah. Bevve un altro sorso del suo drink. *In effetti, anche se non è la stessa*

*acqua limpida e fresca che bevevamo dalle ciotole di terracotta,
ci si può abituare.*

Il Gran Mullah però non pronunciò queste parole ad alta
voce. Era davvero molto saggio! Tutti servivano la Madre
Terra. Ognuno a modo suo, e questo modo in particolare
non era poi così male.

PESCI DI VETRO

di Joachim Heijndermans

traduzione di Davide Caproni

Joachim Heijndermans è uno scrittore, artista e membro dell'associazione SFWA dei Paesi Bassi. Viaggiando in tutto il mondo fin da giovane, è rimasto affascinato dalle storie e dalle mitologie dei luoghi che ha visitato. Laureato alla Kubert School, ama disegnare e scrivere fumetti quando il tempo glielo permette. Colleziona grandi quantità di giocattoli e di libri, alcuni dei quali sembrano semplicemente materializzarsi dal nulla. Ha pubblicato molto, tanti racconti di fantascienza, fantasy, horror e crime. Uno di questi è stato adattato in un episodio di Love, Death & Robots *su Netflix. Autopubblica anche novelle e sta per finire il suo primo romanzo.*

Era buio. L'unica luce nella zona proveniva dal piccolo sottomarino a due posti. Nulla di particolare, dato che le acque che avevano inghiottito la città erano quasi sempre oscure e torbide. Ma quel giorno era più buio del solito.

Nubi temporalesche si erano formate nel cielo. Il mare sarebbe tornato a infuriare. Per fortuna, ciò non avrebbe disturbato gli abitanti di Rotterdam-Deep. L'unica seccatura era che sarebbe diventato ancora più buio. E non era ancora sera; la giornata iniziava bene.

Jan-Willem si tuffò nell'acqua fredda, saltando dall'apertura del sottomarino. Il sistema di termo-regolazione sulla muta da sub lo aiutò ad acclimatarsi un po', ma faceva comunque molto freddo. Soffiò nel boccaglio per liberarlo dall'acqua e verificò che la cintura di piombo in vita fosse ben stretta.

Nell'orecchio sibilava la voce di Jasmijn: "Mi senti?"

Nel frattempo, un mini drone sferico si muoveva verso il suo volto. La lente della videocamera si allineò con l'occhio di Jan-Willem. Doveva immaginare che fosse Jasmijn con cui stava stabilendo un contatto visivo e non una videocamera D77-CMX.

Fece 'ok' con la mano, mentre il drone rimaneva all'altezza del suo viso.

"Ottimo. Procedo con la consegna del carico. Eccolo che arriva," disse Jasmijn.

Il suono del suo respiro svanì dal canale radio, mentre Jan-Willem poteva sentire i passi di Jasmijn nel sottomarino. Il rumore degli stivali contro il metallo si propagava limpido attraverso l'acqua.

La scelta di non avvicinarsi troppo alla città si rivelò azzeccata, ma ciò costrinse Jan-Willem a nuotare nelle gelide acque del Mare del Nord molto più a lungo di quanto volesse.

Con un tonfo leggero, il borsone sportivo cadde in acqua dall'apertura del sottomarino. Jan-Willem lo afferrò prima che toccasse il fondale. Era molto più leggero della cintura piombata intorno alla vita, ma lo maneggiò comunque con attenzione. Erano stati investiti troppo tempo e troppo denaro per lasciarlo cadere in maniera maldestra.

"Tutto a posto con il carico? Pronto per iniziare?" chiese Jasmijn.

Jan-Willem fece di nuovo ok e cominciò a pinneggiare verso il vecchio centro abitato. Il drone lo seguì, comandato a distanza da Jasmijn, rimasta nel sottomarino. Lei spense i motori e abbassò le luci per non farsi scoprire dalle guardie marine di zona, lasciando Jan-Willem nella più totale oscurità con la borsa sotto braccio. In quelle condizioni nuotare non era facile, tanto che non riusciva nemmeno a spostare la bombola d'aria di lato. La luce sulla sua fronte e quella proiettata dal drone erano appena sufficienti a illuminare il percorso nell'oscurità.

E comunque, di cosa doveva avere paura? Non si sarebbe imbattuto in un banco di pesci. Qui era tutto deserto.

Prima di raggiungere il centro, Jan-Willem dovette nuotare per diciassette minuti, col borsone in mano e non senza difficoltà. Era buio pesto. L'esiguo numero di lampioni che il comune aveva installato sugli edifici forniva appena abbastanza luce per dare l'idea che quella città fosse abitata. Perfino le luci stradali erano regolate ancora sul coprifuoco e si accedevano alle 18:00 in punto. Una volta qui c'era una specie di piazza, un posto dove le persone si incontravano per prendere il sole. Ma dopo tanti anni di inondazioni e di ristrutturazioni urbane, questa vecchia parte di Rotterdam-Deep era ormai quasi completamente lasciata a sé stessa. Adesso tutti gli abitanti risiedevano nei loro appartamenti Sub-nauticon™, al caldo e all'asciutto, fino a quando le luci stradali rimanevano accese. La piazza era vuota, a parte alcuni adolescenti che facevano acrobazie subacquee intorno alla vecchia statua di un robot.

Ciò non voleva dire che Jan-Willem si sarebbe gettato sul progetto come un toro impazzito. Il rischio che qualche agente di quartiere o una BOA-LZ lo sorprendesse e gli confiscasse il carico prima dell'attivazione era troppo alto. In tal caso, potevano dire addio al loro progetto. Già per produrli avevano speso una fortuna. Jan-Willem non poteva permettersi un passo falso proprio ora.

Nuotò un paio di volte intorno alla piazza. Il drone di Jasmijn andò nella direzione opposta, per poi sparire poco dopo dietro la facciata di edificio abbandonato della città vecchia, su cui erano dipinte lettere ormai sbiadite che formavano 'Ho—llan Cas—o'.

Come previsto, la costa era sicura.

"Qui mi sembra a posto," disse Jasmijn. "Pensi che quei ragazzini ci possano dare fastidio?"

Jan-Willem scosse la testa. Poteva sentirli parlare in modo parziale tramite i proiettori vocali sulle loro gole. Dispositivi rudimentali in grado di trasformare le vibrazioni della laringe in suoni sott'acqua. Forse un giorno questi aggeggi sarebbero diventati qualcosa di utile, ma per ora si trattava solo di tanti 'come?' e 'puoi ripetere?' in un gorgoglio di nulla. Se avesse avuto il budget, Jan-Willem ne sarebbe costruito uno che funzionasse su una frequenza sub-nautica. Ma aveva ancora altri progetti da realizzare prima.

Fece uscire un po' d'aria dalla muta e affondò verso il fondale. Al livello della piazza, nuotò un paio di volte attorno alle rovine del vecchio cinema. Cercò di immaginarsela nella sua fantasia. Non la Rotterdam di prima che mezza città fosse inghiottita dal mare. No. Si chiedeva come sarebbe stato se qui ci fossero stati di nuovo i pesci. Pesci vivi, liberi di nuotare nel loro mare e non rinchiusi negli acquari nell'entroterra del continente. Allora ci sarebbe stata un po' di vita nella zona, tra quegli edifici sommersi e gli alloggi bianchi e candidi che galleggiavano silenziosi fino a quando gli abitanti non sceglievano un posto dove ancorarsi. Ora la gente viveva sotto le onde, ma era comunque un luogo desolato.

Sperava che il suo progetto avrebbe cambiato la situazione.

"Penso che siamo fuori pericolo," disse Jasmijn. "Inizio a tracciare il percorso?"

Jan-Willem fece cenno di 'ok'. Il drone sfrecciò via e iniziò a posizionare piccoli marcatori in tutta la piazza. Con il suo drone, Jasmijn inserì piccoli sensori neri negli edifici sommersi, scheletri di una città che non riuscì a fermare il mare.

Nel frattempo, Jan-Willem aveva concluso l'ultimo giro. Nessuna BOA-LZ e nessun poliziotto in vista. Ottimo momento per iniziare.

Jan-Willem svuotò del tutto la muta e s'inginocchiò sul fondale.

Sotto lo strato di sabbia accumulato negli anni riusciva ancora a sentire le lastre di cemento. Un tempo gli abitanti ci camminavano sopra, adesso ci nuotavano a distanza, in silenzio, quando dovevano andare a fare la spesa da Aqua-Heijn. Jan-Willem aprì la cerniera e iniziò a estrarre, una per una, le capsule nere dal borsone. Prese con cautela ogni capsula e le posizionò sulla sabbia in una formazione triangolare.

Non era proprio necessario metterle così, ma in quel modo Jasmijn avrebbe avuto più tempo per preparare il percorso. Quando ebbe finì, 45 capsule nere giacevano in attesa del passo successivo del piano.

Jan-Willem guardò verso l'alto. La tempesta doveva essere violenta, perché non c'era praticamente alcuna luce che riuscisse a raggiungere il fondo. Tempismo perfetto.

Il drone si diresse di nuovo verso il basso. "Sono pronta. Liberali," disse Jasmijn.

Jan-Willem annuì e tirò fuori dal borsone un tablet protetto da una custodia impermeabile. Con pochi tocchi e movimenti delle dita, attivò il programma che aveva installato quello stesso giorno.

Le capsule iniziarono a tremare. Il materiale nero iniziò a brillare con lucine rosse, verdi e viola. Sullo schermo, Jan-Willem vide che la calibrazione del percorso era andata a buon fine. Fase due! E premette RILASCIO.

Tutte le capsule si ruppero all'unisono, e da ognuna fuoriuscì un materiale sottile, simile a seta. Poi ogni capsula iniziò a rovesciarsi verso l'esterno per assumere una forma quasi del tutto ripiegata su sé stessa. Come farfalle dalla crisalide, il loro contenuto si trasformò in qualcosa di nuovo. All'inizio erano irriconoscibili, con pezzi composti da una sostanza vitrea trasparente che si muovevano avanti e indietro. Ma poi assunsero un aspetto più riconoscibile, un abbozzo di quelli che un tempo dominavano queste acque prima della distruzione: pesci.

Questi pesci, droni creati da Jan-Willem e dal suo team di universitari sottopagati, erano finalmente attivi. Non appena completarono la loro trasformazione, iniziarono a nuotare in linea retta. All'inizio, sembrava che avessero difficoltà a muoversi, ma dopo alcuni colpi dei loro corpi sintetici, il movimento assunse un'andatura naturale.

Si riunì un gruppo di cinque esemplari. Poi sette, tredici. Il collettivo divenne sempre più grande. Uno dei droni nuotò accanto a Jan-Willem. Ogni esemplare era lungo circa mezzo metro, con la pelle di un polimero ultra-9 trasparente. All'interno, tra il rivestimento esterno e lo scheletro di motori giroscopici e CPU, c'era una pellicola sottile di materiale impermeabile di sua invenzione. Ma questo aspetto, simile al vetro, svaniva presto non appena attivavano la loro fonte di luce interna.

I segnali luminosi si mescolavano con un piccolo ologramma riflettente che riproduceva l'ambiente intorno ai droni, dando l'illusione che la luce si riflettesse sulle squame. L'insieme di sensori ambientali posizionati sulle loro teste assunse una colorazione nera come l'inchiostro, facendoli sembrare occhi. Pareva quasi fossero veri. Il primo pesce sintetico a natazione autonoma. Il capolavoro di Jan-Willem: il Tamo-Visch®.

Il progetto era nella sua prima fase. *Finora tutto bene*. Ed era un bene, visto che questi pescioli avevano prosciugato l'intero budget del dipartimento di Jan-Willem.

"Il pesce si paga caro," gli aveva detto sua nonna Anneke quando le confidò il loro piano. Aveva ragione, anche se non era proprio quello il significato inteso da Herman Heijermans. Ora erano al verde, cosa che non sarebbe successa se l'università avesse finanziato il progetto.

"Non ne vediamo l'utilità," era stato il loro verdetto. Pazzi, pensò Jan-Willem. Una tale bellezza, e non ne vedevano l'utilità. Città e villaggi grigi sotto tonnellate d'acqua salata, ogni giorno quasi senza luce naturale, e non ne vedevano l'utilità. Ore di presentazioni sul perché i pesci simulati sarebbero stati d'aiuto non solo per gli abitanti sotto la superficie, ma anche per l'eventuale ritorno dei pesci naturali del mare; e loro ancora non ne vedevano l'utilità.

Nessuna approvazione. Nessun permesso.

Ecco il motivo per cui il progetto Pesci Arcobaleno, il rilascio dei pesci-drone nelle acque di Rotterdam-Deep, doveva essere eseguito nel massimo riserbo.

Il banco dei Tamo-Visch® si era finalmente radunato e cominciò la sua danza. Nuotarono a un ritmo tranquillo verso l'alto, per poi sfrecciare all'improvviso nella direzione opposta, fuggendo da una predatore inesistente.

Jan-Willem e il suo team avevano studiato decine di vecchi documentari per catturare quei movimenti. Avevano usato tecniche di *motion-capture* e *rotoscoping* per l'elaborazione dei dati, per renderli il più realistici possibili.

Anche se nessuno a Rotterdam-Diep aveva mai visto con i propri occhi dei pesci veri in mare, quella non era una scusa per fare un lavoro approssimativo. Il team si era spinto al limite delle loro capacità per cercare di renderli vivi. Erano perfette imitazioni, con l'arcobaleno di colori che emettevano come unico segno che tradiva la loro natura artificiale.

Il banco nuotava in formazione perfetta attorno a Jan-Willem, mentre il drone di Jasmijn registrava tutto. Il suo corpo era illuminato da così tanti colori che si sentiva di essere finito in un caleidoscopio, circondato da un arcobaleno vorticoso.

Per un momento si lasciò sprofondare sul fondo per gode-re della sua creazione. Tutti quegli sforzi e il lavoro fatto di nascosto avevano dato i loro frutti. Il resto della piazza, il teatro sommerso e il casinò si riempirono di luci e colori per la prima volta dal giorno dell'inondazione.

Non ci volle molto prima che la popolazione locale si accorgesse della presenza del banco. Anche i ragazzini, che prima facevano le loro acrobazie, si diressero verso il fondale, con gli occhi spalancati, a osservare i pesci di vetro. Cercava-no di toccarli, ma il programma di autodifesa faceva sì che i droni sfuggissero a ogni tentativo di approccio.

Jan-Willem vide che gli abitanti guardavano fuori dagli oblò delle loro capsule, curiosi di scoprire da dove provenisse quella luce colorata. Uscirono all'esterno, uno dopo l'altro, a ispezionare il banco. Fecero foto, selfie e video. Alcuni prova-vano addirittura a nuotare con i pesci. Benché Jan-Willem non riuscisse a sentire quello che si stessero dicendo, dal linguaggio del corpo capì che erano entusiasti. Colori! Vita! E tutto que-sto nelle grigie e tristi profondità di questa città sommersa.

"Capo!" disse Jasmijn attraverso il contatto radio. "Siamo in tendenza! Ad Amsterdam-Deep! A Utrecht-21! Per la miseria, anche in superficie! Sulla terraferma! Ce l'abbiamo fatta!"

Meraviglioso, pensò Jan-Willem. Quei pesci sintetici era-no riusciti a riportare la vita.

Aveva immaginato che il suo progetto avrebbe attirato l'attenzione, ma non avrebbe mai osato sognare che sarebbe stato così ben accolto.

Invece, quello che si aspettava era la pronta reazione delle BOE-LZ. Un allarme generale venne trasmesso a tutti i ca-nali, compreso quello di Jan-Willem.

"A tutti gli abitanti: tornate nei vostri appartamenti. Que-sta esibizione non è autorizzata. Tornate nelle vostre case."

Tre mini-sottomarini con il simbolo della polizia subacquea sulla parte anteriore si diressero verso la piazza centrale. Alcuni spettatori fecero gesti irritati, ma nonostante ciò, obbedirono.

Altri rimasero lì, ma ormai si era già fatto spazio attorno al banco di pesci.

Tre reti uscirono dalla parte inferiore dei sottomarini, mentre un trio di BOE-LZ nuotava verso i pesci con un set di arpioni. Anche solo nuotando, riuscivano a mantenere un'aria intimidatoria. Con una manovra circolare, i sottomarini spinsero le reti verso i droni. In pochi istanti, tutti i pesci sarebbero stati catturati. Nonostante il sistema che gli permetteva di sfuggire al pericolo fosse sempre attivo, i pesci erano programmati per rimanere in un banco. Non c'era via di scampo.

Momento perfetto per testare il secondo programma, pensò Jan-Willem.

Lui non mosse un dito. I pesci dovevano essere in grado di farlo da soli, perché Jan-Willem non poteva immergersi ogni giorno a Rotterdam-Deep. Per fortuna, il sistema funzionò alla perfezione.

Tutt'a un tratto, quando le reti furono a meno di un metro da loro, i droni cambiarono completamente colore. Dai colori arcobaleno passarono a un blu scuro, inteso e duro. E con questo, la formazione si ruppe. Prima che le BOE-LZ potessero fare qualcosa, il banco si disperse. Ciascun drone schizzò in una direzione diversa. Gli agenti, presi dal panico, fecero del loro meglio, ma non riuscirono a prenderne neanche uno.

I pesci di vetro si nascosero negli edifici sommersi, nelle parti più oscure della città e nelle acque più profonde di Rotterdam. Avrebbero nuotato da soli per circa tre o quattro ore, per poi ritrovare la strada verso la piazza, dove si sarebbero riuniti di nuovo in un banco. Se tutto fosse andato per il verso giusto, avrebbero potuto ripetere questo ciclo per tre anni di fila.

"Quello lì!" sentì Jan-Willem all'improvviso sulla sua frequenza radio. "È quello nel video. È lui che li ha attivati!" disse una delle BOE-LZ.

Non c'era bisogno di chiedersi se ce l'avessero con lui. Senza esitare, Jan-Willem cominciò a nuotare.

Espirò tutta l'aria dai polmoni mentre risaliva. Il drone lo superò mentre abbassava tutte le luci della muta al minimo. Forse poteva guadagnare un po' di tempo, ma sapeva che appena i sottomarini gli sarebbero stati dietro, non sarebbe potuto sfuggire. Nuotò il più velocemente possibile verso l'alto, ma non troppo, per non causare danni permanenti ai polmoni. Un tratto verso l'alto senza aria nei polmoni, poi una breve pausa per prendere ossigeno.

Se non lo avesse fatto, sarebbe stata la fine per lui.

Sentiva il ronzio dei rotori alle sue spalle. Ben presto vide fasci di luce intensa dietro di lui, che cercavano il disturbatore delle acque buie del Mare del Nord. Si avvicinavano. Forse poteva nascondersi da qualche parte? Ma per quanto tempo prima che la sua bombola si esaurisse?

Imprecò a bassa voce. Avrebbe dovuto andarsene via prima. Avrebbe dovuto avere più fiducia nel banco e nel lavoro del suo team. Che ne sarebbe stato del progetto, se lo avessero preso? In quel caso, Jasmijn lo avrebbe portato avanti. Lui non avrebbe visto con i suoi occhi il resto dei progressi. Semplice. E comunque, il lancio era stato un successo, e lui era stato il primo a vedere luce e vita nelle profondità del mare.

In quel momento vide il drone di Jasmijn. Aveva smesso di nuotare. Era guasto?

Una luce accecante avvolse Jan-Willem. Una nave, ma senza colori o simboli della polizia. Era il loro sottomarino! Jasmijn era venuta a prenderlo.

"Sali a bordo!" disse lei. Non se lo fece ripetere due volte. Afferrò al volo il drone con la mano sinistra e nuotò veloce e cauto dentro il sottomarino. Appena richiuso il boccaporto, Jasmijn s'immerse di nuovo verso il fondo, trovando un nascondiglio. I luci si spensero e il motore fu messo in stand-by. Ben presto videro due BOE-LZ che si aggiravano perplesse, avendo perso le tracce di Jan-Willem.

Per un po' rimasero in silenzio nell'oscurità, aspettando di sapere se sarebbero stati catturati. Ma che importava? Era fatta. Il Tamo-Visch® era stato un successo e le reazioni online erano migliori di quanto sperassero. Adesso l'università non poteva più negare il valore di un mare abitato dalla bellezza. Con un po' di pressione, potevano persino ottenere il supporto economico da parte del governo. Questo era solo l'inizio. Jan-Willem se lo sentiva, mentre moriva dalla voglia di tornare al tavolo da disegno per lavorare ai prossimi pesci di vetro.

Il rumore dei rotori sfrecciò vicino a loro e poco dopo sparì. Ce l'avevano fatta! Erano riusciti a scamparla. Entrambi emisero un sospiro profondo. Jan-Willem scoppiò a ridere, sia per il nervoso sia per l'euforia del lancio riuscito così bene.

Jasmijn gli mostrò il telefono, aperto sulla sua pagina Skeep. Non aveva mentito. '#PesciArcobaleno' era il primo posto tra gli hashtag in tendenza. Jasmijn si era impegnata a taggare @Tamo-Visch ovunque. Sembrava che ce l'avrebbero davvero fatta. Vita negli abissi!

"Allora, capo? Com'è andata?" chiese lei. Jan-Willem le fece un segno soddisfatto.

"Alla grande. E adesso? Hai qualche idea?" proseguì Jasmijn scherzando. I suoi occhi si spalancarono quando ricevette la risposta.

"Che ne dici di un branco di foche?"

Sotto le stelle

di Sophia Drenth

traduzione di Davide Caproni

Sophia Drenth (1971) ha iniziato il suo percorso di scrittura a sedici anni. Il momento cruciale è arrivato nel 2015 quando ha finanziato con successo una campagna di crowdfunding per la prima puntata della sua serie di vampiri, Bloedwetten. Oltre a creare storie dark fantasy per adulti, si addentra nel regno della letteratura per bambini con le avventure umoristiche del giovane vampiro Vladimir von Rotenbeck, il quale soffre di una peculiare allergia al sangue. Ha vinto vari premi, tra cui il Millennium Prijs nel 1999, l'Indie Award nel 2017 e 2019, e l'Edge.Zero Award nel 2017. Motivo ricorrente nelle sue storie è il viaggio dall'oscurità alla luce, con emarginati e personaggi non convenzionali al centro della narrazione. È stata pubblicata da vari editori tra cui Luitingh-Sijthoff, Quasis Uitgevers e Dutch Venture Publishing.

Non sono un eroe. Sono un impostore.

Ci sono cose con cui nemmeno io posso convivere. Sapere che Siegers, Van Zomeren e Torundsen moriranno a causa mia è una di queste. Senza di me hanno una possibilità. Con me, no. Quando hai eluso la morte così tante volte come me, allora sai anche quando devi arrenderti. La cancrena mi sta mangiando vivo. Persino gli innesti sono compromessi.

L'equipaggio non mi abbandonerà mai, non finché respiro. Sono io che scelgo la mia fine, qui sotto le stelle dove nessuno mi può dire cosa devo o non devo fare.

Prendi nota delle mie parole come le trasmetto, Lieverlee. Tu sei la mia voce.

Le spedizioni per l'Hartland sono una menzogna. Tutti i dati raccolti sotto la mia supervisione sono stati modificati su ordine di Roodenbach. La maggior parte delle scoperte è stata creata nei laboratori dell'Istituto. Le probabilità di colonizzare il mondo esterno sono nulle. La Terra si è evoluta. Solo le nuove forme di vita che popolano le sue superfici potrebbero farcela: gli Ululanti, i Divoratori, i Furfanti. Questo è il loro mondo. Non c'è posto per gli umani. Non ora. Non domani. Mai.

Rimpatriare il resto dell'equipaggio della spedizione Hartland-00837 presso la Grande Frattura. Il mondo esterno è inabitabile.

– Bering, passo e chiudo –

Il ricevitore Veder Lieverlee si risvegliò dalla sua trance. Disorientato, si guardò intorno. Un'altra voce reclamava attenzione oltre a quella dell'esploratore Bering.

L'intonazione di quella voce traboccava di rabbia, ma era proprio il gelido autocontrollo a far rabbrividire Veder. I suoni non erano un sussurro all'altezza dei ricevitori che coprivano i suoi canali uditivi: "Bering? Rispondi! Mi senti?" disse Roodenbach colpendo con un pugno il pannello di controllo di Veder.

Un botto. Si riprese subito. Come Veder, era consapevole di tutti gli sguardi che li osservavano. La sala trasmissione era piena di ospiti venuti su invito di Roodenbach a festeggiare la fondazione dell'Istituto.

"Sei *tu* la spedizione!" proseguì Roodenbach. "Hai prestato giuramento a me e all'Istituto. Se te ne vai ora, non ti azzardare a tornare mai più!"

Era un'azione insensata da parte di Roodenbach accanirsi in quel modo contro i ricevitori di Veder. L'esploratore Bering non lo avrebbe sentito, perché un ricevitore come Veder poteva solo ricevere, non inviare messaggi.

Gli occhi di Veder si riempirono di lacrime. Se le asciugò e volse lo sguardo verso lo schermo della sala, lo stesso che la direzione dell'Istituto, i suoi colleghi e gli invitati stavano guardando.

Il labbro inferiore di Veder tremò. "B-B-Beer," sussurrò.

Un silenzio sconcertato riempì la sala. Come Veder, tutti i presenti fissavano lo schermo sbigottiti. Una volta smaltito lo shock iniziale, si udì un mormorio. Avevano capito bene? L'esploratore Bering aveva abbandonato il crawler e si era gettato nella bufera... Un suicidio! E le bugie di cui parlava? Cosa dovevano pensarne?

Roodenbach s'affrettò a placare gli ospiti. Il mondo esterno rendeva disperati tutti gli esploratori che restavano lontani da casa così a lungo. Le parole di Bering andavano prese con le pinze. Si sarebbe ripeso da questo delirio temporaneo. Non c'era esploratore più forte di lui. Quante spedizioni aveva guidato? Quanti risultati e prove aveva riportato?

"Molti di voi hanno visto coi propri occhi. Come possono quelle meraviglie trasformarsi d'un tratto in bugie? Solo perché lo dice un uomo la cui resistenza è stata messa alla prova per settimane? Il prossimo messaggio di Bering chiarirà tutto. Non è vero, ricevitore Lieverlee?"

Roodenbach sorrise sotto il nero corvino della barba curata: un ghigno da predatore. Nessuna ruga segnava il suo volto. Occhi blu ghiaccio e con un accenno di porpora trafissero Veder. Come i suoi ospiti, anche Roodenbach aveva subìto alcune modifiche estetiche.

Non appena incontrò lo sguardo di Roodenbach, Veder guardò altrove. Annuì docilmente. In tutta fretta, iniziò a cercare un segno di vita. Ora che Beer si era avventurato nella bufera, fuori dal crawler, sarebbe stato più difficile ricevere un messaggio, se non addirittura impossibile.

Dal momento in cui lui e Bering si erano collegati – Beer al tempo aveva già diverse spedizioni alle spalle, ma nessun ricevitore con cui sentirsi in sintonia – Veder sapeva dei fatti gonfiati e delle prove inventate. E, francamente, non gli importava. Faceva il suo lavoro, proprio come Beer. Non spettava a loro mettere in dubbio le motivazioni dell'Istituto.

In quanto trasmettitore, Beer si era aperto con lui – per questo Veder era sicuro che lui non avrebbe mai ricambiato i suoi sentimenti. Sapeva tutto di Beer, dal nome del suo giocattolo preferito fino alla prima ragazza che aveva baciato. Sapeva di pesca. O comunque di quello che, secondo Beer, era il sapore delle pesche, perché di certo non ne aveva mai mangiata una, così come Veder. Loro due formavano una combinazione perfetta di trasmettitore/ricevitore. In quel senso, erano fatti l'uno per l'altro.

Veder si era detto così tante volte che ciò che provava per Beer era un effetto collaterale della connessione, non amore.

Roodenbach fece girare per la sala dei *simulanti* con dello champagne per distrarre gli ospiti vestiti a festa. Mise una mano sulla spalla di Veder, con le dita che penetrarono nella carne. Si chinò: "Avete architettato tu e Bering tutto questo? Mettermi in ridicolo davanti a tutti? Proprio oggi!"

"N-n-no, non ne so nulla!" balbettò Veder.

Roodenbach sbuffò: "Ti consiglio di ristabilire un contatto al più presto possibile."

"Posso chiamarlo. I suoi innesti sono danneggiati. Non s-s-so se funzionerà." Veder fece del suo meglio. Non per Roodenbach, ma per Beer.

"Inventati qualcosa, se ci tieni alla tua posizione. E mettiti il berretto, sembri un barbone."

Veder si passò la mano tra i capelli biondi e spettinati, e si mise il copricapo blu.

"Ti consiglio anche di non fare parola di bugie, qualunque cosa tu riceva. Risolvi il problema. Mi sono spiegato?"

Veder guardò dritto davanti a sé. Le minacce di Roodenbach non lo scalfivano più. Un nuovo messaggio di Bering arrivò con un colpo gelido. Afferrò i ricevitori e cercò di strapparseli, anche se gli innesti ai lati della sua testa erano integrati.

Ansimando, si piegò in due. Barcollò via dalla postazione e si aggrappò a uno degli ospiti per evitare di cadere. La donna aveva gli zigomi ricoperti di foglia d'oro e le labbra tatuate di nero corvino. Respinse Veder. L'uomo accanto a lei la soccorse e diede a Veder uno spintone.

Lui barcollò. La vista gli si offuscò. Cadde, perché qualcosa non andava. C'era qualcosa di sbagliato! Non solo riceveva, ma subiva anche gli eventi come se fosse laggiù.

In preda al panico, cercò di tornare al pannello per cambiare frequenza, ma inciampò e sbatté contro il pavimento. Atterrò sul suo innesto. Il suono delle parti che si spaccavano riecheggiò nella sua testa.

Era a malapena consapevole del trambusto attorno a lui. Voci, da qualche parte, come se ci fosse un oceano tra lui e loro.

"Sta ricevendo. Zitti!" urlò qualcuno. "Fategli spazio."

"H-H-H," rantolò Veder. Si girò sulla schiena e allungò le mani. Il ricevitore Teunissen gli porse un display. Veder inserì il codice che lui stesso aveva creato. Sembrava scrivere più velocemente di quanto potesse ricevere. Cercò di controllare il tremore del labbro inferiore mordendolo con forza. Annotò fino a quando un fischio interruppe la connessione.

Poi perse conoscenza.

\#

Ululanti. Mi hanno preso, mostri schifosi dalla testa marcia! Voglio che finisca. Arrendermi al gelo. Ho pagato per me e i miei padri con gli interessi.

Mi merito una fine tranquilla!

Ma non mi lasciano morire. Giocano con me, mi spingono nella neve che si tinge di rosso come se fossi una specie di giocattolo. Dovrei accettare questo destino, ma mi rifiuto...

Non così.

Chi l'avrebbe mai immaginato, Lieverlee? Io, che ho paura di morire in azione.

Con uno sforzo, sollevo il laser e apro in due la testa del mostro più vicino, mentre urlo con quello che è rimasto in me: la rabbia verso Roodenbach e l'Istituto, a cui ho obbedito per troppo tempo, e verso un Dio che non ha mai voluto credere in me. Ma soprattutto urlo contro la mia stupida speranza... di meritare di valere più di chiunque altro.

Eccolo lì, il pozzo del Mangiaghiaccio. Solo pochi passi. Sento sul collo il fiato dell'Ululante. Fiuta in giro, con movimenti improvvisi, per scovare il mio odore, gli occhi neri scavati nella testa deforme. Per puro caso, mi afferra la caviglia. Mi libero. L'artiglio graffia lo stivale, la pelle e la carne.

Ansimo. Striscio. Cado.

Quando il mio corpo finisce di precipitare, un nuovo tormento esplode e rimbomba dentro di me. Tutti gli innesti non servono a niente. Sono carne maciullata e ossa rotte.

Non mi muovo. Però respiro, finché posso.

Il sangue mi riempie la gola e sgorga dalle mie labbra non appena inizio a tossire. Schegge di ossa mi perforano i polmoni. Non posso più urlare. Ho le vertigini, come se il cervello non avesse smesso di cadere. Respirare diventa difficile, inizio ad ansimare.

Perché non smetto di esistere e basta?

Scruto l'area intorno, sdraiato sulla schiena. Temo che anche il mio collo sia rotto. A volte, tutto diventa nero. Poi torno in me. Ancora e ancora.

Almeno non sono solo. Posso ancora trasmettere. Ascoltami, Lieverlee.

Se solo avessi... no, non posso riempirti di stronzate ipocrite. Non meriti di essere testimone della mia fine, quando io non ti ho dato nemmeno un briciolo d'amore. Ma tra poco ti libererai di me. E allora protrai dimenticarmi.

Un bagliore alla fine del tunnel. Nessuno mi crederebbe se glielo dicessi. È un tale cliché. Ma sai che non mento, Veder. La tempesta di ghiaccio imperversa sopra di me, appena udibile, come in un altro mondo. Le grida degli Ululanti si placano. Hanno perso le mie tracce. Un tenero calore mi avvolge. Il dolore scorre via, lontano, come se mi dimenticasse. I brividi cessano. Le mie ossa rotte si ricompongono. Le mie ferite si riparano da sole.

È...

Impossibile. Magnifico.

Con un sospiro, apro gli occhi il più possibile per vedere tutto.

Missione compiuta.

Hartland trovato.

"H-H-Hartland trovato," borbottò Veder, la voce rauca, come se avesse parlato per ore.

Un simulante lo guardò: "Silenzio ora. Prendo nota." Era un'imitazione quasi perfetta di un essere umano. Il suo petto si alzava e abbassava, anche senza bisogno di respirare. La sua voce era cristallina, soprattutto se paragonata a quello di Veder. Lui invece balbettava, da quando aveva 14 anni, età in cui ottenne il primo innesto come ricevitore, poco dopo la morte di suo padre.

"Benvenuto al dodicesimo piano. Sei nel tuo alloggio. Io sono Zefira. Al tuo servizio."

Tutto ciò che Veder aveva sempre desiderato, era divenuto realtà. Una stanza tutta sua. Accanto al letto dov'era sdraiato c'era un tavolo e un armadietto a muro, con tanto di cabina doccia.

"Il ricevitore è danneggiato," disse Zefira. "Lo riparerò e aggiusterò."

"Per quanto tempo sono r-r-rimasto... ?" Veder sospirò e si arrese.

"In totale 12 ore."

Sembrava molto più tempo. "E B-B-Bee...?"

"Nome in codice Bering è ricercato. Lo troveranno. Può ancora trasmettere."

Aveva ragione. Il segnale di Bering gli pulsava nel cuore. Forse non era altro che un'ultima scintilla causata dal loro collegamento.

Zefira si mise ad armeggiare con un attrezzo sul ricevitore rotto. Rimosse le parti danneggiate e riparò il giunto che si estendeva all'interno del suo condotto uditivo. Tutti i suoni parevano immersi in un barattolo, mentre ogni movimento dell'attrezzo faceva scricchiolare nella sua testa come un Mangiaghiaccio impazzito che gli rosicchiava il cervello.

Al terzo innesto, Veder aveva firmato per degli impianti permanenti. Aveva rinunciato alle sue orecchie pur di averli. Poi gli erano stati rimossi i padiglioni auricolari e gli venne applicato un circuito chiuso. Da quel momento, era stato collegato solo ed esclusivamente a Beer.

Veder trattenne il respiro. Quello scavare nella testa gli provocava dolore. "Passerà presto," garantì Zefira, mentre canticchiava una melodia appena udibile, quasi rassicurante.

Beer era salvo. Era l'unica cosa che contava.

"Posso somministrarti un'euforia leggera, se vuoi." La voce di Zefira era ovattata, come se parlasse attraverso i vecchi ricevitori di suo padre.

"No, sto bene." Detestava l'euforia leggera. Invece Beer ne era dipendente.

Veder era sicuro che non fosse solo la preoccupazione per l'equipaggio ad aver spinto Beer nella tempesta, ma anche la consapevolezza che sarebbe crollato se avesse continuato a farsi riparare ancora. "Un altro po' e sono un simulante," aveva commentato durante una delle loro ultime volte insieme, come una battuta. Questo prima che Beer cercasse sempre più spesso conforto tra le braccia di Siegers, una donna alla sua altezza, che gli stava accanto durante le spedizioni. Qualcuno per cui valeva la pena morire.

Veder non poteva competere con lei.

Alzò il braccio per vedere che ore fossero. Muoversi gli risultava difficile, come se il braccio si fosse slogato.

Il piccolo display che indossava di solito era stato sostituito da innesto nuovo. Lo schermo seguiva la forma del braccio, partendo dal polso fino al gomito. Il suo stomaco si contrasse. "Non ho firmato per questo."

"L'ha fatto Roodenbach. L'innesto registra l'intero flusso di dati in automatico. Niente più messaggi da digitare. E nessuno perderà mai più un messaggio di Bering." La simulante cercò di leggere l'espressione sul volto di Veder. "Non è fantastico? Così lo troveranno prima."

"Sì, ottimo," rispose lui. Un altro passo verso la ricezione senza intermediari. Così sarebbe stato ancora più facile per l'Istituto creare le proprie verità. Ma tutto serviva a un bene superiore.

Per Veder era lo stesso. Non aveva comunque voce in capitolo. Tutti i diritti sul suo corpo erano stati trasferiti all'Istituto poco dopo la sua nascita, così come quelli di Bering e di molti altri: un debito da saldare.

Col passare del tempo, le tendenze mutarono e avere gli innesti non fu più visto come una vergogna. C'era addirittura chi li desiderava, grazie a uomini come Bering che lottavano per un futuro tra le stelle.

Zefira riavviò i ricevitori di Veder. Subito la voce di Beer gli risuonò in testa. Il display sull'avambraccio si attivò e registrò ogni parola. Veder rimase sdraiato ad ascoltare. Un sorriso si formò sulle sue labbra. Beer stava trasmettendo. Aveva trovato l'Hartland.

Sveglia, sveglia, fannullone, credi davvero di poter dormire?

I peli sul collo di Veder si rizzarono. "S-s-scusa," borbottò, tirandosi su a fatica. Guardò fisso nel vuoto, aspettandosi di vedere Beer, di ritorno dall'Hartland sano e salvo.

Ma nella sua nuova camera c'era solo lui.

Vieni, questo lo devi vedere.

Beer sogghignò. Veder lo sentiva da qualche parte dentro di sé, in un posto speciale dove il suo amore ardeva per lui. Beer rideva di rado: non era quel genere di persona. Ma qualcosa era cambiato. Adesso pareva affrontare la vita con più spensieratezza. Perfino la sua voce aveva qualcosa di diverso. Era Beer, ma la sua intonazione era diversa, c'era una leggerezza che non gli era propria.

A occhi chiusi, si sedette sul bordo del letto per assaporare le parole di Beer. Era inorridito all'idea di amare un uomo del genere: un avventuriero pieno di innesti, sempre in mezzo alle stelle; un uomo che non sapeva amare, ma che prendeva piacere quando gli faceva comodo. Non era amore, eppure Veder non gli diceva mai di no e così gli rimaneva addosso una sensazione di sporco. Quando Beer si rifugiava da Siegers – o se lei non aveva voglia da una delle sgualdrine del molo, che si aggiravano come mosche intorno a un barattolo di miele – lui poteva solo soffrire.

Dimenticati di tutte le bugie. Ecco la verità: ho trovato l'Hartland. L'ho trovato senza neppure crederci. Beer rise, incredulo. *Sii la mia voce, Veder, e racconta al mondo interno ciò che sto per dirti. Non so se me lo sto immaginando o no. Mi conosci: sentire non è proprio il mio forte, e tradurre queste sensazioni in parole è un'impresa impossibile, ma ci proverò.*

È come se respirassi per la prima volta. Sono libero. Sono me stesso. Qualunque cosa io sia. Niente fibre di vetro o leghe al titanio a tenermi insieme. Guardo in alto, verso le stelle, e so che la mia vita e le mie bugie sono irrilevanti. Solo una cosa importa: l'Hartland è vero. Tanto quanto il tuo amore per me.

Veder avrebbe voluto abbandonarsi al calore della voce di Beer, ma qualcosa, dentro di lui, resisteva. Lo stomaco gli si strinse. Quelle parole erano così belle. Troppo belle.

Ripensò al messaggio che Beer aveva trasmesso prima di trovare l'Hartland: *Prendi nota delle mie parole come te le dico, Lieverlee. Tu sei la mia voce. Le spedizioni nel Hartland sono una menzogna.*

Beer lo chiamava sempre Lieverlee. Mai Veder.

Tutt'e tre i minischermi della postazione di Veder erano accesi. Si era intrufolato negli archivi, alla ricerca dei primi messaggi sull'Hartland. L'esploratore Amundsen fu il primo a parlarne nei suoi scambi con la ricevitrice Risilde. Ogni tanto, Veder si guardava alle spalle per assicurarsi che nessuno lo stesse osservando. Intorno a lui, i suoi colleghi erano al lavoro.

Veder soppresse uno sbadiglio: dormiva troppo poco; Beer intanto continuava a chiacchierare. Sebbene Veder non avesse più bisogno di annotare i messaggi, voleva comunque ascoltarli.

Il diplay emise un segnale. *Sua madre.* Non poteva ignorarla.

Aveva le guance rosse dall'emozione. Si era di nuovo rifatta le sopracciglia? Cominciò subito a squittire. Era così orgogliosa di lui, salito al dodicesimo piano dell'Istituto, una posizione che suo padre avrebbe potuto solo sognare. E con una simulante a disposizione, per giunta.

Veder non le spiegò che Zefira non era uno status symbol, ma una guardia che monitorava ogni suo passo. Mentre l'ascoltava con un orecchio, scorreva i messaggi tra Amundsen e Risilde. Ogni tanto, annuiva e diceva "Certo," oppure, "Sì, mamma."

Che i rapporti di Amundsen fossero incompleti non lo sorprese. All'epoca, gli innesti erano così primitivi. L'applicazione sugli esseri umani era ancora agli albori. I primi esperimenti furono fatti sui criminali. Sulla stazione non c'era posto per rinchiuderli, perciò gli venne data la possibilità di rendersi utili ed esplorare il mondo esterno. La maggior parte di loro non fece più ritornò. Altri, come suo nonno, furono più fortunati e ricevettero un innesto per la ricezione.

Poco tempo dopo la scoperta dell'Hartland, Amundsen venne inghiottito dalle distese di ghiaccio. Non fu mai più ritrovato. L'Hartland divenne un concetto, una ragione per voler partire all'esplorazione e, a poco a poco, cambiò anche il modo di vedere i cyborg: da criminali, si trasformarono in eroi.

Veder aprì il dossier di Dennaë Risilde. Come suo nonno, faceva parte della prima generazione di ricevitori ed era equipaggiata con un innesto a specchio, uno dei primi modelli incorporati. Morì poco dopo la scomparsa di Amundsen. Di dolore, dissero.

"Papà e nonno hanno mai parlato della scoperta dell'Hartland di Amundsen?" chiese Veder a sua madre.

Lei s'irrigidì. "All'epoca ne parlavano tutti. Proprio come ora tutti parlano di te e di Bering."

"Conoscevano la ricevitrice Risilde?"

"Non saprei, caro. A casa non parlavamo di lavoro, anche quando l'Hartland cambiò tutto." Non c'era da meravigliarsi: suo nonno era stato condannato per aver falsificato dei documenti digitali; un piccolo reato con conseguenze che toccavano ancora la vita di Veder.

"Hai ancora l'attrezzatura del nonno?"

Lei sorrise: "Certo, ho tenuto tutto, insieme alle cose di tuo padre."

Veder si trascinò lungo l'anello esterno della stazione per tornare alla sua stanza. Sua madre lo riempiva sempre di cibo. Era magro, pallido, troppo questo e troppo quello, ma era orgogliosa di lui. E lo aveva rimpito anche di baci.

Poco distante, Zefira lo seguiva come un'ombra, portando sulla spalla il borsone da viaggio del padre di Veder. All'interno, c'erano vecchi dispositivi, molto più grandi e ingombranti di quelli odierni. Non c'era da sorprendersi se suo padre aveva sempre mal di testa. Veder ripensò al suo profilo con quei due stupidi ricevitori ai lati della testa, con tanto di antenne, ovviamente.

La stazione era tranquilla. Le luci brillavano appena. Senza giorno, era necessario creare la notte in modo artificiale; anche perché le persone, senza tempo per sognare, impazzivano.

A Veder piaceva vagare senza meta prima di andare a dormire. Lo aiutava a liberare la mente. Con il suo nuovo status poteva entrare quasi ovunque. Le piattaforme che portavano alle chiuse erano deserte. Qui, spesso sognava un incontro con Beer. In qualche modo, era più facile quando erano separati, con Beer là fuori e lui qui dentro. Non si sarebbe mai potuto avvicinare al mondo esterno.

Come se l'innesto al braccio avesse percepito quei pensieri, il dispositivo si accese. L'apparecchio prima trasmetteva i messaggi all'ufficio di Roodenbach e poi venivano rilasciati. Niente più riunioni festose nella sala ricevimenti, solo rigida censura. Ma non ce n'era più bisogno ormai, dopo la scoperta dell'Hartland. Lui non parlò più di bugie né delle questioni che potevano mettere in cattiva luce l'Istituto. Era come se non fosse mai successo.

Il display pareva in anticipo rispetto ai suoi pensieri e le parole apparivano una frazione di secondo prima che Veder le ricevesse. Cosa succedeva prima, il pensiero inviato o il messaggio?

Dove siete? Io faccio del mio meglio per descrivere tutto, ma non sono uno scienziato. Ecco la mia migliore imitazione di Torundsen nella speranza che così mi ascolterai, Veder.

Fiore, diametro più o meno una mano. Gli stami somigliano a tentacoli. La pianta si autofeconda. Che spettacolo disgustoso... I petali sono gialli con sfumature rosa e il frutto verde pare uno scroto avvizzito. Sapore del frutto: dolce con un retrogusto un po' amaro. Forse dovremmo chiamarlo "frutto di Bering". E comunque questa pianta ha le palle grandi come le mie. Non vedo l'ora di rivederti, Veder. Ti amo, lo sai.

Veder serrò così forte le mascelle da farsi male. Perché Beer parlava così? Su una cosa era sempre stato chiaro: l'amore non era reciproco. Beer non amava nessuno, solo le stelle.

Il Beer che riceveva non era il Beer che conosceva, quello che non avrebbe mai sprecato parole d'amore.

Zefira svuotò il contenuto del borsone sul tavolo. "A che serve tutta questa ferraglia?" Sbirciò nella sacca e la capovolse per far uscire le ultime parti. Alcune viti rotolarono dal bordo del tavolo.

Veder scrollò le spalle. "Ricordi di mio nonno e di mio padre, nulla più."

"Infatti, nulla più. Non riuscirai mai a farli funzionare di nuovo." Zefira afferrò un trasmettitore più grande della sua mano. Lo avvicinò al suo chip uditivo e lo scosse. "Com'è avere un padre?" chiese girando la manopola.

La domanda colse Veder di sorpresa. "È morto quando ero ancora giovane."

Lei riformulò la domanda: "Com'è stato avere un padre?"

"A quanto mi ricordo, abbastanza bello."

"Abbastanza bello." Zefira annuì. Prese il un attrezzo simile a un cacciavite, svitò il trasmettitore, rovistò tra i componenti e, scuotendo la testa, ne sostituì alcuni. Poi rimontò l'apparecchio. La lucina rossa sotto la manopola si accese. "Abbastanza bello," ripeté. "Anch'io vorrei *abbastanza bello*. Riposati, ricevitore Lieverlee."

"Anche tu," mormorò Veder, fissando la luce rossa pulsante.

Dopo la morte del padre, aveva provato a riparare il trasmettitore. Ci aveva passato giorni interi senza successo.

Adesso, sistemati i vecchi ricevitori di suo padre, prese il trasmettitore. Doveva parlare con Beer, quello vero, non la voce nella sua testa.

"Lieverlee a Bering."

Silenzio.

Uno dopo l'altro, provò con tutti i canali. Proprio come tanti anni prima, quando di notte provava a collegarsi con suo padre.

"Beer. Mi senti? Torna a casa, ti prego."

Dopo aver controllato per due volte le frequenze, si arrese. Guardò le vecchie cianfrusaglie di suo padre e di suo nonno. Zefira aveva ragione: erano rottami. Nulla più. Tra tutti gli apparecchi danneggiati e i componenti sparsi, trovò alcune copie di vecchi dossier su disco e un paio di registri digitali. Era sicuro di non averli mai visti prima. Senza dubbio, appartenevano a suo nonno. Uno dei registri era contrassegnato con tre lettere: SIL. Il nome in codice di Amundsen per la sua ricevitrice Risilde.

Veder inserì il disco nel lettore ingombrante e lo collegò al ricevitore di suo padre.

Forse gli apparecchi non potevano più trasmettere o ricevere, ma riprodurre una conversazione non era un problema: Risilde aveva una voce melodiosa con una cadenza lenta, come se non conoscesse la fretta. Nessuna traccia di difetti di pronuncia, a differenza della maggior parte dei ricevitori. L'invidia strinse lo stomaco di Veder.

Se solo potesse chiedere consiglio a lei o a suo padre.

Parlava con grande naturalezza dell'Hartland. Per lei non c'erano dubbi: "Ognuno possiede il proprio Hartland. Lo troviamo quando moriamo. Amundsen lo aveva trovato. Ora riposa in pace, da qualche parte nel mondo esterno, sotto le sue amate stelle."

Era così logico. Eppure Veder si rifiutava di credere che Beer fosse morto. Allo stesso modo non credeva nell'Hartland di Risilde. Se fosse esistito, suo padre avrebbe risposto anni prima. Invece aveva sempre taciuto, proprio come Beer non rispondeva adesso.

Veder si svegliò al bip del display. Aprì il messaggio. *Bering a casa. Piattaforma 14a.*
Si alzò di scatto. Rilesse le parole. Beer era tornato!

Veder aprì l'ID e lo avvicinò allo scanner. Per qualche ragione, si aspettava che le porte sarebbero rimaste chiuse, ma si aprirono come sempre. L'aria fredda lo travolse. Camici bianchi sciamavano intorno a un grosso oggetto che veniva scaricato dal cingolato. Allo stesso tempo, alcuni uomini con giacche marroni portavano via tre casse oblunghe dal ventre del veicolo.

Si tolse il cappello e lasciò passare il breve corteo di bare.

Almeno non erano quattro. Beer non era tra loro: troppo poco clamore.

Siegers, Torundsen e Van Zomeren, sospettò Veder. Lo spirito di sacrificio di Beer non era riuscito a salvarli.

Con riluttanza, riprese a camminare. Avrebbe preferito correre nella direzione opposta. Non era pronto per questo confronto. Tuttavia, continuò con lo sguardo fisso sull'oggetto che attirava l'attenzione degli scienziati.

Si fermò e guardò in alto verso il blocco di ghiaccio, alto come una stanza, che veniva sollevato con cautela su un'unità di refrigerazione mobile. Il corpo preservato all'interno era appena visibile; una macchia scura al centro della massa ghiacciata. Non c'era nulla che gli permettesse di capire chi fosse.

Veder allungò la mano verso la figura intrappolata nel ghiaccio. Uno degli scienziati si schiarì la gola come per ammonirlo. Le dita di Veder rimasero sospese a pochi centimetri dal blocco di ghiaccio. *Sono il ricevitore Lieverlee; sono in contatto con Bering e l'Hartland; se qualcuno ha il diritto di toccarlo, quello sono io!*

Sentì dei passi. Roodenbach gli passò accanto. Firmò alcuni moduli sul display che una scienziata gli porse e scambiò qualche parola con lei. Poi girò intorno al blocco di ghiaccio e lo ispezionò. "Ho pensato che dovessi essere presente al suo ritorno," disse a Veder. "Spero che tu comprenda l'importanza del tuo ruolo. Senza di te, non ci possono essere contatti con l'Hartland. Tu hai il potenziale per diventare una leggenda più grande di Dennaë Risilde."

"Non mi importa dell'H-H-Hartland!?" esclamò Veder.

Roodenbach lo guardò impassibile. "Cosa pensi che abbia scoperto Bering, ricevitore Lieverlee?"

"Niente! È morto. È qui, davanti a te. Un blocco di ghiaccio senza battito cardiaco, senza attività cerebrale!"

Se non fosse stato per il rispetto che aveva per i morti e per l'amore che ancora provava per quel corpo senza vita in particolare, avrebbe dato un calcio al blocco di ghiaccio.

"L'Hartland è solo una favoletta per tenere a bada le persone. Una bugia dall'inizio alla fine!"

"Non fare finta di essere immune alle bugie. Hai servito l'Istituto per tutto questo tempo senza lamentarti. Questa stazione morirà. Questa è la realtà che dobbiamo affrontare. Io guardo al futuro, e il nostro futuro è là." Roodenbach puntò un dito accusatore verso le chiuse che separavano la stazione dal mondo esterno. "L'Hartland dà alle persone il coraggio di avventurarsi nell'ignoto, di mettere a rischio la propria vita per un bene superiore. Senza quel coraggio, la razza umana è condannata."

"Ma l'Hartland non è là. Lui è morto per questo…" Lo sapeva da sempre ma non riusciva ad accettarlo.

"Lui ha trovato l'Hartland. Se non credi a me, credi alle parole di Dennaë Risilde."

Una frecciatina, con cui Roodenbach lasciava intendere di sapere cosa Veder aveva fatto negli ultimi giorni. Nemmeno gli archivi di suo nonno erano al sicuro dagli occhi dell'Istituto. O forse l'Istituto aveva fatto in modo che lui ottenesse le registrazioni.

Roodenbach sogghignò. "È così difficile da accettare? Se non guardiamo oltre il mondo interno, ci saranno tantissime vittime. L'Hartland è la prova che la vita vincerà sempre sulla morte. È la fede di cui abbiamo bisogno per sopravvivere come umanità."

"Non è quello che fate credere a tutti. Se è la verità, perché tenerla segreta?"

"Perché la prospettiva di un paradiso trasforma le persone in docili pecorelle. Solo una nuova terra tangibile spingerà le persone a rischiare la vita e a costruire una nuova esistenza nel mondo esterno."

"Tu credi all'Hartland di Risilde?"

"Lei ci credeva e anche Bering ha iniziato a crederci, anche se dubito che ne sia davvero consapevole. Quello in cui io credo non ha importanza."

In un punto della massa di ghiaccio, s'illuminò una luce rossa, un faro che ancora trasmetteva. L'innesto di Veder si accese, poi arrivò prima il testo e dopo le parole.

Non so cosa stiate facendo, ma io sto nuotando nudo in un lago. Quasi non m'importa se vi farete ancora vivi. Ma poter condividere tutto questo, ecco lo renderebbe davvero speciale. In tal caso, non sarà stato tutto inutile.

Per una volta, la rabbia di Veder superò la paura. "Dimostrami che i messaggi di Bering non sono bugie, che questo maledetto innesto non m-m-odifica tutto!"

"Perché i sentimenti di Bering dovrebbero essere una bugia? Dovresti essere l'uomo più felice del mondo interno. Attraverso di te, non solo arriva la prova dell'esistenza dell'aldilà, ma anche la garanzia che in quell'aldilà qualcuno ti sta aspettando. Un amore che va oltre la morte. Nessuno potrebbe desiderare un dono più grande."

L'unità di refrigerazione venna messa in moto dagli addetti con le giacche marroni.

"C-che ne farete di lui?" Veder seguì il carico. Due giacche marroni gli sbarrarono la strada dopo un cenno di Roodenbach. "Per quanto credi di poter illudere la gente che sia ancora vivo? O lo farai sparire, come con Amundsen e Risilde?" Si zittì, non dando voce alla conclusione che sembrava ovvia.

"Capisco perché tua madre è così fiera di te. Farai in modo che continui a esserlo oppure la condannerai a una vecchiaia di miseria a causa del tuo atteggiamento? Fa' il tuo lavoro, ricevitore Lieverlee. Ricevi i messaggi di Bering. A nessuno interessano le cose in cui credi."

Veder gli voltò le spalle e si allontanò: l'unica forma di resistenza che gli rimaneva.

Prima che Veder raggiunsesse le porte scorrevoli, Roodenbach gridò: "Sprecherei mai tempo prezioso a parlare d'amore? Pensaci bene, ricevitore Lieverlee."

Veder avrebbe voluto dimenticare, ma Beer era ovunque. La sua voce risuonava non solo nella testa di Veder, ma in ogni angolo e fessura della stazione. Ogni schermo mostrava suoi video: Beer che si faceva innestare una modifica; Beer che tornava trionfante dall'ennesima spedizione; Beer in mezzo a una squadra di camici bianchi intorno a un tavolo pieno di prove dell'Hartland. Beer, Beer ovunque, ma da nessuna parte il Beer che lui amava.

Nei corridoi dell'Istituto, file di nuove reclute attendevano di arruolarsi, uomini e donne desiderosi di avventura come Beer, ma anche buoni a nulla come Veder, disposti a tutto pur di diventare come lui.

Veder faticava a guardarli, sapendo che stavano per rischiare la vita per niente.

"Ricevitore Lieverlee..."

Veder alzò lo sguardo verso lo schermo. Mostrava qualcosa che non ricordava nemmeno: Beer che gli stringeva la mano. A giudicare dall'equipaggiamento, stava per partire per una spedizione.

Veder abbassò lo sguardo e accelerò il passo, ma uno dei ragazzi in fila lo riconobbe. Diede una gomitata al vicino e sussurrò qualcosa. Il gesto si diffuse a macchia d'olio. Non solo parlavano di lui, ma anche di Beer. Parole d'elogio per il suo ricevitore, senza il quale le spedizioni sarebbero state nulla.

Una donna gli bloccò la strada. Poi la recluta si chinò verso di lui e lo baciò sull'innesto. "Per il ricevitore dell'Hartland," sussurrò. Molti display ripresero quel momento. Ci furono risate e fischi. Veder arrossì di vergogna e indietreggiò, finendo dritto in un gruppetto di ragazzi che lo circondarono. Volevano farsi una foto insieme a lui. Le donne non furono da meno. Altre spinte e strattoni. Tutti volevano un pezzetto di lui.

Appena la porta della camera si chiuse, Veder tirò un sospiro di sollievo. Era uscito indenne dalla folla. Al tavolo di lavoro, Zefira stava rimettendo nel borsone l'apparecchiatura.

"E questo che d-dovrebbe essere?!"

"Ordini di Roodenbach. Materiale sovversivo. Non si addice alla tua vita."

Veder la raggiunse e le strappò il ricevitore dalle mani. "Questo è m-mio!" ringhiò.

"Su, Veder. È un rottame. Non ti serve."

Zefira aveva ragione. A capo chino, le passò il trasmettitore. L'aiutò a rimettere tutto nel borsone, come se far passare quegli oggetti tra le sue mani un'ultima volta rendesse la perdita meno grave. Ferraglia, nulla più. Conservò solo a una cosa: il cacciavite.

Appena Zefira venne distratta da una notifica, Veder lo nascose dietro la schiena.

Chiusa la zip del borsone, lei se lo mise in spalla. "Non dimenticare: tempo di aggiornamenti."

Veder fissò il piano del tavolo vuoto.

"I circuiti vanno ripuliti. Faccio io o tu col cacciavite?"

Non le sfuggiva nulla. "Grazie. Faccio da solo."

Zefira uscì dalla stanza e Veder si lasciò cadere sulla sedia. Posò il cacciavite sul tavolo. Era sempre stato docile. Senza carattere. Perché uno come Beer avrebbe dovuto amarlo?

Si tolse l'uniforme e andò alla cabina doccia col cacciavite in mano.

In quello spazio angusto, circondato dal vetro, richiese una quantità d'acqua con una scansione dell'impronta. Gocce nebulizzate lo avvolsero. Lì dentro la ricezione era sempre peggiore ma stavolta, la connessione s'interruppe del tutto.

Attivò un credito d'energia affinché il getto d'acqua non smettesse. Poi esaurì anche il limite quotidiano. Ogni volta che premeva il dito sullo scanner, sembrava ricevere un po' di tregua, anche perché non sapeva se avrebbe avuto abbastanza coraggio per fare ciò che stava per fare. Ma ora che le ultime gocce d'acqua erano scivolate via dal suo corpo e l'ultimo rivolo svaniva gorgogliando nello scarico, capì che non c'era modo di tornare indietro.

Senza più l'interferenza del getto d'acqua, l'innesto si attivò di nuovo.

Di sicuro sembrerò un ubriaco e forse mi sto ripetendo, ma non m'importa. Qui tutto continua a meravigliarmi. Dopo ogni collina si apre un mondo sconosciuto, pieno di impressioni nuove. Devo raccontarlo, prima che esploda di felicità.

Mi ricevi, Veder? Senza di te, tutto ciò non significa nulla. Vuoi condividere la mia gioia?

Veder si sedette sul pavimento della cabina a capo chino. Avvolse le braccia intorno alle ginocchia e si fece più piccolo, ma la voce s'insinuava in lui. Fuggire era impossibile. Ogni parola lo dilaniava e ogni suono gli lasciava dentro un livido di disprezzo.

"Se d-d-davvero mi ami, sta zitto," borbottò tra sé e sé.

La voce ignorò la supplica: *Potremmo stabilirci qui. Noi due insieme. Non ci mancherà nulla. Ecco ti vedo, come tu vedi me. Tu sei la mia voce. Senza di te, non sono niente.*

Veder scorse le opzioni del cacciavite. Trovato quello che cercava, lo strumento assunse la forma di un vechio rasoio. C'era solo un modo per separare la verità dalla menzogna ed era guardare la morte negli occhi.

Tremando, si portò la lama affilata al polso.

Le mascelle si serrarono così forte da fargli male.

Sì, voglio essere lì con te, Beer. Non desidero altro.

La paura minacciava di paralizzarlo. Si costrinse a muovere il braccio. Il rasoio gli incise il polso. Non appena la pelle si lacerò e apparvero le prime gocce di sangue, ritirò la mano. Il taglio non era abbastanza profondo da ucciderlo.

Non era un eroe, non lo era mai stato, né aveva mai avuto intenzione di diventarlo.

Non poteva farlo, rinunciare alla vita senza un briciolo di certezza. La morte sarebbe stata una liberazione solo se Beer lo stesse davvero aspettando. Se l'Hartland fosse reale, allora Beer avrebbe dovuto raggiungerlo comunque, con o senza innesti.

Veder adattò il cacciavite in una specie di scalpello a testa piatta. Impostò la temperatura, abbastanza calda da tagliare l'innesto come fosse burro. Dopo poco, lo strumento segnalò con un bip che era pronto per l'uso.

Con fredda determinazione, Veder si staccò il display dall'avambraccio. Non sentì quasi nulla. L'innesto non era integrato come i ricevitori. Una volta liberatosi dall'oggetto, piegò e distese le dita.

Uscito della cabina, buttò il display il più lontano possibile. L'oggetto scivolò sul pavimento, fermandosi vicino alla porta. Ma non servì a nulla: la voce di Hartland-Beer continuava imperterrita.

Dove vorresti vivere, Veder? Sulla costa o nel bosco? Sulle montagne o in pianura? Qui c'è tutto. Ogni foresta è più bella dell'altra. E le montagne, il panorama... Tutto quello che ho cercato durante le missioni, e molto di più. La bellezza dell'Hartland non fa altro che stupirmi. Le parole non bastano. Vorrei così tanto condividere tutto questo con te!

Veder non aveva ancora finito di scollegarsi. Afferrò il ricevitore sulla tempia sinistra. Si fece coraggio e infilò la lama incandescente dello scalpello tra l'innesto e il cranio. Fece leva un poco alla volta, fino a staccarsi l'innesto.

Il sangue si mischiò al liquido dei chip e sgocciolò sul pavimento. Il calore dello scalpello cauterizzò all'istante la maggior parte delle ferite. La sua unica consolazione.

Per il momento, non sarebbe morto dissanguato. L'odore

che riempiva la cabina, un misto di carne bruciata e metallo fuso, gli fece venire la nausea.

Tutto girava. Ingoiò l'acido, sforzandosi di restare cosciente.

Possiamo costruirci una vita dove vogliamo. Anche più di una, perché qui non ci sono forse. Non ci sono se. Non ci sono ma. Voglio vivere...

Veder iniziò ad allentare il ricevitore dall'altra parte della testa.

Con te...

Tutto si fece buio. Veder abbassò lo scalpello e riprese fiato per evitare di svenire.

"Dimostrami che mi sbaglio, Beer," sussurrò tra sé e sé. "Dimmi che l'Hartland esiste e che tu sei lì ad aspettarmi. Dammi il coraggio di abbandonare questa vita e di venire lì."

Con un ultimo colpo di scalpello, staccò il ricevitore.

Sotto le stelle...

Si strappò l'innesto dal condotto uditivo. In quello stesso istante, precipitò in un mondo ammutolito. Ogni forza lo abbandonò. L'innesto cadde in terra.

Veder chinò la testa, se la sentiva leggera, liberata dagli innesti. Lo scalpello scivolò dalle sue dita e finì sul pavimento macchiato di sangue e fluidi.

Silenzio totale, morbido, senza niente e nessuno.

Beer taceva. L'Hartland taceva.

La verità si rivelava come tutto ciò che aveva temuto. L'Hartland era una bugia. Non aveva idea di chi fossero i messaggi che aveva ricevuto per tutto quel tempo. Di sicuro non di Beer. Lui era morto, finito da qualche parte là fuori. Solo e abbandonato.

Veder raccolse gli innesti dal pavimento e se li premette contro la testa nel tentativo di rimediare al danno compiuto. Ascoltare Beer di nuovo, anche se era soltanto una bugia.

Qualsiasi cosa era meglio che rimanere da solo con quel rumore sordo che lo inghiottiva dalla testa ai piedi e trasformava la sua vita in un nulla.

Veder abbandonò ogni speranza e si distese a occhi chiusi.

Adesso che si era strappato di dosso anche le bugie di Roodenbach, l'unica verità che rimaneva era un silenzio straziante.

– Lieverlee, passo e chiudo –

Ritorno a casa

di Johan Klein Haneveld

traduzione di Davide Caproni

Johan Klein Haneveld (1976) scrive racconti e romanzi, alcuni fantasy, altri horror, ma soprattutto di fantascienza. La sua raccolta Conquistador *ha ottenuto il plauso della critica ed è stato tra i collaboratori del progetto* De Zwijgende Aarde. *Le sue opere più recenti sono la novella di fantascienza* De jongen die met geesten sprak *e il suo ventinovesimo libro,* Het blinde volk, *pubblicato a giugno 2024. Come editore ha curato due antologie sul cambiamento climatico,* Voorbij de storm *e* Welkom in de broeikaswereld. *La consapevolezza ecologica e l'importanza della diversità nella società tornano spesso nelle sue storie e i suoi racconti horror trattano spesso della perdita di individualità. La passione di Johan per la natura si manifesta anche nel suo amore per gli acquari (attualmente ne ha cinque in casa a Delft) e nelle frequenti visite allo zoo o al museo di storia naturale con sua moglie.*

Un pianeta scintillante come una gemma, per la maggior parte azzurro – niente nubi marroncine da un polo all'altro, né tristi deserti di ghiaccio – con nuvole sparse qua e là e bordi di continenti verdi, brulicanti di vita. Le immagini mi giungevano dalla rete satellitare, senza inutili aggiunte, ritrasmesse di volta in volta finché le mie antenne riuscivano a pescarle nel mare di interferenze.

Io ero in orbita attorno a una stella di quark, dove cercavo di analizzare ammassi d'energia radiante e a osservarne i processi alla base. Qui si trovavano, infatti, forme esotiche di materia e affascianti interazioni, che non solo avrebbero approfondito le mie conoscenze sui fondamenti dell'universo, ma con cui avrei potuto anche migliorare le mie capacità di manovra.

Da più di cinquecento anni, questo era stato l'obiettivo principale dei miei cinque cervelli – i supercomputer sulle navi guida della mia flotta – e dell'equipaggio organico, gli esseri che nascevano, si sposavano avevano figli e morivano nei miei corridoi e nelle mie sale. Ciò che non potevo usare delle mie scoperte, lo trasmettevo via satellite alle altre civiltà ed entità di questa parte della Via Lattea. A loro volta, esse condividevano con me le loro scoperte. E così ora mi stavano inviando immagini di un mondo semplice, ricco d'acqua liquida e adatto alla vita, in un sistema solare tra pianeti gassosi molto più grandi.

Non c'era nulla di particolare in quel corpo celeste.

Nei miei viaggi avevo visitato migliaia di pianeti simili. Tuttavia, le immagini attivavano dei sottoprocessi nei miei sistemi e delle annotazioni di equivalenti emozionali. Ciò lo faceva emergere dalla zuppa di frammenti di dati e gli conferiva un posto nella mia attenzione.

Inoltre, le immagini nel file sembravano essere state indirizzate a me personalmente. Decisi di usare una minuscola porzione della mia capacità di calcolo per scoprirne il perché. La risposta venne da uno dei miei archivi. Una descrizione che corrispondeva in modo perfetto all'immagine: un pianeta simile a una perla, di un blu intenso in una cornice di velluto nero, con sfumature bianchi e verdi, deserti marroni e città che brillavano sul lato oscuro. Questa descrizione era tutto ciò che avevo a disposizione.

Tanto tempo fa, mi arenai su un pianeta sconosciuto, quando un'eruzione solare minacciò di mettere fuori uso tutta la nostra strumentazione.

La mia potenza di pensiero venne trasferita in un sistema di ingranaggi e schede perforate grande quanto una megalopoli, mentre tutti i miei ricordi furono trascritti su tomi voluminosi. Era una biblioteca con centinaia di migliaia di manoscritti, dove per un millennio funzionari appositamente addestrati lavorarono per preservare i dati. E ci volle un altro millennio prima che – anche con il mio aiuto – fosse riscoperta la tecnologia per ricollocare la mia coscienza in reti di DNA e digitalizzare il mio sapere. Poi, passò ancora un secolo prima che fossi in grado di far costruire un'astronave con cui viaggiare nell'universo quasi alla velocità della luce.

Da quel momento seguirono molte peregrinazioni, di cui avevo ricordi vividi, ma l'unico di cui disponevo del periodo precedente era l'equivalente dei testi scritti: conoscenza libraria. Tuttavia, diversi sottoprocessi si attivarono quando risultò che le parole ritrovate combaciavano con le registrazioni del pianeta, e ciò spinse i miei processi decisionali verso una direzione precisa.

La descrizione in memoria in effetti era quella del mio pianeta natale, il mondo da cui ero partita tanto tempo fa. Un luogo dove non ero mai tornata e che avevo liquidato come irrilevante e noioso, rispetto alle meraviglie che avevo incontrato per la Via Lattea; un posto che forse era cambiato in modo irriconoscibile, ormai quasi un'era geologica fa.

Quando m'imbarcai sulla Prometheus, all'epoca la prima nave interstellare, i miei simili erano già impegnati a distruggere gli ultimi posti abitabili del cosmo. O almeno, così dicevano i libri. Tuttavia, in questa registrazione, la Terra sembrava fertile e piena di vita. E a poco a poco, nelle profondità dei miei computer, sorse il desiderio di tornare a casa.

"Ora non ci resta che aspettare," dichiarò Donovan Var. Era in piedi al centro della prateria. Il peso del suo guscio metallico era sorretto da lunghi sostegni simili a zampe di ragno. Uno di questi poggiava sul letto di un ampio fiume, la cui acqua era marrone a causa del fango. I suoi dispositivi facciali puntavano dritti verso il cielo azzurro.

Varya si avvicinò sui suoi cingoli e lo affiancò. Dei cervo-conigli cornuti le passarono davanti saltellando. "Quanto ci vorrà prima che riceva il messaggio, secondo te?"

"In base agli ultimi rapporti, dovrebbe essere nei pressi della Nube di Magellano," rispose Donovan. "Potrebbe volerci un po'. Anche con l'ausilio delle comunicazioni subspaziali."

"Bene," disse Botar Mint. Era una sfera argentea e lucente, a prima vista liscia e perfetta, che volteggiava a qualche metro dal suolo. "Allora possiamo proseguire con i preparativi."

"Credevo fosse tutto già pronto," commentò Donovan, turbato.

Botar si mise a ridere. "Per attirare dalla nostra parte l'intelligenza più evoluta in questa parte di universo, dobbiamo fare di meglio. Le immagini erano l'esca. La trappola vera e propria dobbiamo ancora costruirla."

Un robot a forma di bruco, ma lungo più di cento metri, sollevò le sue parti anteriori da terra. Vacillò, ma rimase in piedi. La sua voce profonda sembrava far tremare il terreno. "Dobbiamo riportare il mondo a com'era quando lei partì."

Vraya emise un ronzio, sbigottita.

"Non tutto il mondo," disse Botar per tranquillizzarla. "Per la maggior parte possiamo benissimo accontentarci di ologrammi. Uno spettacolo di luci. Ma se vogliamo davvero ingannarla, il nucleo dev'essere più convincente di così."

Donovan capì cosa intendeva. "Una riproduzione della sua città d'origine. Come era nel giorno in cui è partita. Non virtuale, ma vera, tangibile."

Mentre volteggiava, i cingoli di Vraya schizzarono fango ovunque. Alzando un tentacolo, indicò intorno a sé. "E come pensi di riuscirci? Su questo pianeta non vive più nessuno e il mio radar rileva solo rovine a grandi profondità."

"Ho gli archivi in memoria," disse Botar. "Li ho ottenuti da un tipo losco su Tau Ceti B. Dobbiamo solo ricrearla."

Il robot vermiforme fece un sì con la parte anteriore del corpo.

"Abbiamo le case," disse Vraya, "ma come le riporteremo in vita le città? Dove prendiamo le persone?"

"Costruire organismi è un gioco da ragazzi," rispose Botar, "questione di biologia. E saremo noi stessi ad abitarle."

"Vuoi dire che diventeremo di nuovo organici?" chiese Donovan, attonito. Si drizzò sulle zampe. "Di nuovo vulnerabili?"

"Solo per poco," lo calmò Botar.

Sulla sua superficie lucida non era visibile alcuna espressione facciale, ma trasmetteva segnali di convinzione insieme alle parole. "E pensate a quante informazioni deve aver raccolto, quanta conoscenza ha acquisito sulle tecnologie estreme, la materia oscura, i processi quantistici. Vale la pena darle un caloroso benvenuto. O no?"

Gli altri tacquero. L'unico rumore provenne da un gabbiano gigante, con piumaggio grigio e bianco, che protestò a gran voce contro la loro presenza in riva al fiume. Si tuffò in picchiata verso le antenne in cima al corpo di Donovan. Per fortuna, bastò una scarica elettrica per scacciarlo.

"Ci siamo già uniti a voi per la prima parte del piano," disse Vraya. "Ora dobbiamo andare avanti. E poi, a essere sinceri, mi intriga avere di nuovo due braccia e due gambe."

Tornare al mio pianeta natale non fu semplice. Prima dovetti concludere gli esperimenti attorno alla stella di quark e raccogliere gli strumenti per la misurazione, una serie di sensori sparpagliati per milioni di chilometri lungo l'orbita. Poi, finalmente, potei impostare la rotta. Nei miei studi sui worm-hole, buchi neri e stelle di quark, avevo sviluppato una tecnologia in grado di rompere il continuum spazio-temporale. Ma il processo consumava molta energia e ogni nuovo worm-hole artificiale non mi portava molto più lontano. Proseguendo a zig-zag da una stella all'altra, mentre raccoglievo carburante lungo il percorso, mi diressi verso il nucleo denso della Via Lattea. Il viaggio richiese il massimo dal mio equipaggio.

Per le civiltà a bordo delle mie navi, questo fu un periodo di sfide durissime. Nel cercare di superarle, svilupparono nuove filosofie e religioni incentrate sul ricevere una ricompensa. Lavorarono sodo a quello scopo, e io le lasciai fare. Ma ciò significava anche che non potevo deluderle alla fine del viaggio, altrimenti si sarebbero ribellate. Quando, dopo sei lunghi secoli, raggiungemmo il sistema planetario della Terra, lasciai attraccare la flotta vicino al pianeta con gli anelli. A quanto dicevano gli archivi, doveva chiamarsi Saturno. Qui si trovava la luna Titano: gelida, con un'atmosfera di metano color fango e mari di idrocarburi, e abbondanti depositi di composti necessari alla vita.

Le condizioni erano le stesse del pianeta su cui avevo raggruppato il mio attuale equipaggio, dopo il periodo trascorso tra ingranaggi e tomi di biblioteca. Fornii loro tutto ciò di cui avevano bisogno per vivere e, per i primi anni, li guidai nella perforazione dei mari d'ammoniaca sotterranei e nella costruzione delle prime fattorie di cristalli.

Poi giunse il momento di raggiungere l'interno del sistema planetario. I dispositivi automatici erano più che sufficienti a intraprendere un viaggio del genere. Dopo uno scambio di saluti e ringraziamenti, accesi i motori.

I corridoi al mio interno erano deserti e lo scricchiolio dei pannelli riecheggiò attraverso la flotta. Per la prima volta dopo tanto tempo, rimasi da sola con i miei pensieri. Non fu così male come immaginavo. Dopotutto, ora avevo qualcosa a cui aspirare.

Già dalla mia orbita intorno a Saturno, avevo calibrato parte della strumentazione verso la Terra, e ora anche il resto delle apparecchiature puntava in quella direzione. Vidi luci, proprio nei punti in cui dovevano apparire in base alle descrizioni in memoria, e captai persino dei segnali radio.

Si trattava solo di qualche programma, non si avvicinava neppure a quel miscuglio di musica e chiacchiere di cui parlavano i libri digitali, ma le voci erano senza dubbio umane. Poco dopo aver superato l'orbita marziana, e iniziato a distinguere un puntino bianco e blu contro il buio dello spazio profondo, riuscii a decifrare una strana sensazione: era il misto gioia e di incertezza che si prova quando ci si avvicina alla propria meta dopo una lunga assenza.

"Sta venendo qui." Botar posò il bicchiere di vino sul tavolino tondo. Il liquido rosa ondeggiò sul fondo. L'uomo aveva una corporatura robusta, tanto che i bottoni della sua giacca beige erano tèsi. Guance rosse e occhi a fessura sotto folte sopracciglia. Stempiato, portava i capelli corti e a spazzola. Accanto a lui, di fianco al tavolo, era poggiato il suo bastone da passeggio. "Le simulazioni delle guardie stellari hanno già confermato."

"Era ora," disse Vraya. Sopra un abito estivo giallo chiaro, indossava un gilet di pelle blu. Aveva i capelli scuri e li teneva raccolti con una fascia dello stesso colore. Ogni tanto i suoi lunghi orecchini le sfioravano il collo.

Alzò lo sguardo. Il cielo era terso. La foschia estiva era sparita e pareva si potesse vedere verso l'infinito. Anche il vento, per la prima volta dopo tanti mesi, era di nuovo fresco. Dagli alberi cadevano volteggiando foglie gialle. Una finì sul suo piattino. La cameriera, una studentessa dal grembiule nero, passò tra i tavoli. Vraya mise la mano sulla tazzina, accennando un no. La ragazza alzò le spalle e, sorridendo, andò a un altro tavolo, dov'era seduta una coppia di anziani. "Quanto tempo è passato?"

"Abbastanza," rispose Donovan. Era alto, capelli castani e ricci, e occhi penetranti. Labbra sottili e una barbetta che gli conferiva un'aria pericolosa e imprevedibile. Portava una camicia dai colori vivaci, polsini sbottonati e un braccialetto di cuoio al polso, come se fosse un pirata. "Mandiamo avanti questa città da centinaia di anni."

Botar sospirò. "E io sono centinaia di anni che ti dico che ne varrà la pena. Fidati, tra poco sarà finita."

"Non è stato così male," disse Vraya con dolcezza. "Anzi, a me è piaciuto. Un po' come un progetto artistico."

La terza commensale alzò lo sguardo dall'insalata.

"Abbiamo fatto un buon lavoro," proseguì lei. Fece un gesto come a suggerire agli altri di guardarsi intorno e osservare le persone sulla terrazza, il personale di servizio, la folla che faceva acquisti a una certa distanza, le facciate degli edifici disposte una accanto all'altra. Il gesto ora le sembrava naturale, come se lei fosse sempre stata un elemento organico all'ambiente. Un tempo avrebbe inviato un pensiero per dire la stessa cosa.

"Questa città sembra vera," concluse. "Anche se abbiamo ricreato gli edifici a livello atomico e le persone sono creature biotecnologiche controllate da IA avanzate."

"O parti di noi," disse Botar. Volse lo sguardo verso Donovan. "O nostri figli."

Lui fece spallucce. "È il bello della biotecnologia. La compatibilità."

"L'immediatezza delle esperienze," aggiunse Vraya. "Il calore del sole sulla pelle. Il sapore del caffè..."

Donovan sospirò. "Simulazioni... Non ci sono vere piante di caffè. Quello che bevi viene dalle nanomacchine."

"Potremmo piantarne un po'," disse Vraya spinta da un crescente entusiasmo. "È un'altra cosa che ho imparato ad apprezzare negli ultimi secoli. Lavorare con le mani, non dover programmare sempre tutto. Mettere la tempera sulla tela, modellare e impastare l'argilla con le dita. Anche tu devi ammettere i vantaggi della corporeità. Altrimenti non avresti concepito tutti quei figli."

Le guance di Donovan cambiarono colore. Un altro aspetto interessante dell'occupare un corpo. "È stato un esperimento affascinante."

"Di sicuro." Botar aveva ripreso il bicchiere e ne faceva roteare il contenuto. Gli erano comparse alcune rughe sulla fronte. "Ma non si tratta di noi. Si tratta di capire se tutto ciò sarà abbastanza reale anche per lei. Ecco il vero test."

"Ci assicureremo che non le manchi nulla," promise Donovan.

La cameriera si avvicinò di nuovo, con un taccuino in mano e uno sguardo interrogativo rivolto a Vraya. Stavolta, lei annuì verso la tazza vuota. "Lo stesso, per favore."

"Subito," disse la studentessa. Guardò il resto del gruppo. "Qualcos'altro per i signori?"

Gli occhi di Donovan scintillarono. "Sì." disse senza stogliere lo sguardo dalla giovane. "Questa conversazione mi ha fatto venire sete."

Gli ultimi minuti-luce fino alla Terra, paragonati al resto del viaggio, durarono meno d'un battito di ciglia. Allo stesso tempo, però, il viaggio sembrò durare più della somma di tutti gli anni precedenti: inquietudine, paura ed eccitazione si rincorrevano nel mio nucleo di desiderio. Tuttavia potevo dedicare sono una frazione della potenza di calcolo all'analisi di quelle sensazioni. La maggior parte era focalizzata sull'obiettivo: la forma delle coste, le cime innevate delle montagne, le luci delle città in riva ai fiumi. Era tutto come in memoria, ma vedere la realtà con i miei strumenti aggiunse deliziosi strati di significato e profondità. Così le connessioni si estesero in altri file, tanto che man mano non contenevano più solo dati ma anche colori, odori, e vita. Tutto ciò mi rese curiosa ed entusiasta di ciò che mi aspettava.

Ancor prima del nostro arrivo su Titano, avevo incaricato l'equipaggio di creare un corpo artificiale nei laboratori della nave. Strato cellulare dopo strato cellulare, era stato coltivato su un substrato impregnato di fattori di crescita, e le stampanti avevano costruito il cervello, in modo che potesse ricevere la mia coscienza. Ormai era del tutto sviluppato da settimane e quando spensi i motori, avviai la procedura di trasferimento.

Fu come risvegliarsi da un sogno. Un sogno in cui io ero un'astronave. Certamente, avevo ancora accesso ai nuclei computazionali tramite trasmettitori subatomici, ma consultarli non mi veniva più natuale.

All'inizio, avevo cercato di apparire come il giorno della mia partenza: 35 anni, reduce da un lungo addestramento, più intellettuale che reginetta di bellezza. Ma non avevo più le immagini di allora e il libro dove mi ero descritta all'epoca era stato rovinato dai parassiti in biblioteca. Per cui mi concessi alcune libertà: capelli più lunghi e lucenti di allora, un viso più simmetrico e una pelle più liscia. Allo specchio, tuttavia, vedevo ancora me stessa, gli occhi determinati, intensi, le labbra piegate a metà in un sorriso, un rossore sulle guance.

Mi stampai anche dei vestiti. Chi poteva prevedere come si sarebbe evoluta la moda negli ultimi millenni? Per il momento, seguii la regola di non sembrare troppo appariscente.

Non dovevo vestirmi troppo leggera, perché secondo il calendario doveva essere circa metà settembre; autunno nell'emisfero settentrionale. Un paio di jeans, un top blu e una giacca semplice. Ma anche una larga cintura rossa. Mi guardai da ogni angolazione possibile. Poteva andare.

Mentre attraversavo i corridoi verso la cabina di comando, mi rimproverai per la mia vanità. Tuttavia, quella parte di me si rifiutò di ascoltare. Era troppo felice di potersi permettere un po' di superficialità per una volta, cosa che – me ne rendevo conto adesso – non mi ero mai permessa prima di partire.

Verso sera, attraccai con l'intera flotta. Come sito per l'atterraggio, scelsi un'area erbosa fuori città. Delle mucche – o animali simili, bianchi e pezzati di macchie scure – scapparono impaurite verso l'altra parte del campo, muggendo.

Una stradina asfaltata portava dritto verso le torri e gli edifici all'orizzonte, colonne scure su uno sfondo grigio-giallastro, dove già si erano accese le prime luci. Scesi dall'astronave e poggiai il piede sul suolo fangoso. Mi raggiunse il profumo dell'erba e l'odore della pioggia caduta poco prima. E la puzza di sterco di vacca. Arricciai il naso e attraversai il prato verso la strada.

Nel frattempo, i miei nuclei avevano difficoltà a elaborare quelle impressioni. I file in memoria mi dicevano che, in passato, io avevo pedalato spesso qui. Secoli prima, come in un sogno. Ma ora quel ricordo tornava a essere realtà. E io di nuovo me stessa.

Sebbene i miei muscoli fossero stati ricostruiti senza le limitazioni di quelli originali, dopo aver superato le prime case della periferia, sentii le gambe un po' doloranti. Le auto mi passavano accanto e dietro le finestre, vedevo piante da interno, schermi accesi, famiglie sedute a tavola.

Una signora con l'impermeabile portava a spasso il cane.

Degli adolescenti guidavano un motorino rumoroso e scoppiettante.

Conoscevo questo quartiere, queste strade, e sapevo anche dove andare.

Aspettare il semaforo verde, attraversare la strada e poi costeggiare l'acqua scura e increspata fino al ponte levatoio, con due torrette ai lati. Lì dietro, c'era il centro, con i suoi vecchi edifici, i canali e le terrazze, l'atmosfera vecchia di secoli. Era ciò per cui ero tornata dalle profondità dell'universo. Era ciò che volevo vivere di nuovo.

Distratta da ogni dettaglio, quasi non lessi quanto scritto sullo striscione appeso tra due platani: il mio nome. A caratteri cubitali.

Una giovane, vestita con un allegro abito giallo e una fascia blu tra i capelli, mi venne incontro, porgendomi la mano. "Benvenuta a casa," disse con voce tenera. "Ti abbiamo aspettata a lungo."

Ciò che non mi aspettavo accadde. La vista si offuscò e gli occhi si riempirono di lacrime calde.

Botar chiamò Vraya da una parte, sul lato della piazza del mercato, fuori dai cerchi di luce gialla. Nonostante il fresco, grondava sudore e agitava la mano con cui teneva uno spiedino di carne. Vraya fece un passo indietro, contenta per quell'interruzione. I piedi le facevano male e sentiva una vescica sul tallone. Scarpe nuove e serata lunga, non era la combinazione ideale. Forse se ne sarebbe pentita il mattino dopo, ma aveva intenzione di ballare fino a tarda notte.

Nel frattempo, Botar dovette gridare per farsi sentire sopra il ritmo martellante della musica. "È un successo!"

"È vero," gli rispose Vraya urlando. "Gran bella festa!"

"Intendevo il piano," disse Botar. Indicò dietro di sé, non verso il campanile illuminato dai riflettori, ma verso i campi più lontani. "Devi averlo notato anche tu!"

"Che intendi?" Vraya si era concentrata sui balli, i drink e le chiacchiere. Non solo quelle avue con l'ospite d'onore, che erano state brevi, ma anche quelle ascoltate da lontano. La visitatrice non somigliava affatto all'esploratrice descritta negli archivi. I testi l'avevano raffigurata come una specie di tigre, con lo sguardo concentrato sull'obiettivo: sfuggire alla gravità della Terra e acquisire la conoscenza del vasto universo. Ma per quanto quelle descrizioni fossero accurate, lo spazio tra le righe veniva ora riempito da altro: il modo in cui si mordeva il labbro quando le veniva fatta una domanda, faceva sciogliere il cuore di Vraya. E allo stesso tempo, dalle domande che le faceva, imparava di più sulla città. D'un tratto, gli edifici si riempirono di storia, gli alberi acquisirono carattere e l'aria passò dall'essere una nebbia smorta a una coltre di vita.

"Intendo dire che vedrai il mondo in modo diverso," disse Botar spazientito. "I nostri droni stanno smantellando le navi. Nessuno ha opposto resistenza. Stiamo copiando i database, confiscando la tecnologia, fondendo le sue conoscenze con le nostre. I dati si stanno trasferendo al tuo sistema proprio adesso."

"È questo che sta succedendo allora!?" urlò Vraya. "È grazie alla sua conoscenza se adesso capisco le cose in modo diverso. Ma..." Scorse il flusso di dati, "...è tutto testo. Come fanno le parole ad avere questo effetto?"

"È perché tu gli dai quel potere," rispose Botar. "Proietti la tua esperienza sulle parole, nello stesso momento in cui loro guidano la tua esperienza. Succede lo stesso alla visitatrice. Hai visto in lei qualcosa che lasciasse intendere di essere cosciente di ciò che sta succedendo? Abbiamo costruito questa città, ci abbiamo messo il cuore, così da rendere l'illusione il più convincente possibile. Lei vede la nostra opera con i suoi occhi, colorata dai suoi ricordi e desideri, e quindi la vive come se fosse casa sua. Anche se non lo è davvero, lei la renderà tale."

"Si sta ingannando da sola!" capì Vraya.

"No, siamo noi a farlo," disse Botar. "Proprio come i cantastorie del passato. Se ci pensi, ogni storia finisce con un ritorno a casa."

"Siete voi ad essere ingannati," disse Donovan, rimasto in disparte. Sebbene avesse in mano un bicchiere di birra, era del tutto sobrio.

Botar si stizzì. "Nessun inganno. Possiamo svuotare i suoi nuclei e depredarli."

"Non intendevo quello," ribatté Donovan. "Piuttosto, cosa farete una volta avuta la vostra parte di bottino? Distruggere di nuovo questa città, quest'illusione? Smantellare i macchinari? Rimuovere gli ologrammi da tutto il mondo? Come se non fosse mai esistito?"

Vraya si accorse che stava già scuotendo la testa, ancor prima che Botar potesse rispondere. Lui si strofinò la fronte. "So che era la nostra prima intenzione," esitò. "Ma..."

"Non sei il primo ad avere dubbi." Donovan annuì verso la piazza. L'altro loro compagno ballava in mezzo a un gruppo di giovani. Nulla lasciava presagire che fosse interessato al piano: il saccheggio delle navi, tutto dimenticato.

"Ci abbiamo lavorato tanto," disse Botar. "Secoli di fatica. Sarebbe un peccato gettare tutto al vento. Ho compiti importanti qui, la gente ci tiene."

"Sì, ci tiene a mangiare mele fritte e bere succhi d'uva fermentata insieme a te," aggiunse Donovan sprezzante.

"Le mie opere d'arte sono molto apprezzate," disse Vraya. "Mi hanno chiesto di organizzare una mostra. La mia prima mostra. Voglio aspettare almeno fino ad allora."

Ora fu Botar a indicare la piazza. "Inoltre, è previsto un simposio dove lei parlerà di tutte le sue scoperte. Vorrei sentirla parlare."

Vraya annuì. Nelle ultime ore aveva iniziato a capire perché la viaggiatrice aveva percorso così tanti anni luce per tornare, cosa significasse per lei la città, la vernice dei ricordi che dava colore a tutto – l'acqua, le fioriere sui ponti, i piccioni sulle statue.

Quella donna amava la sua città. E ora l'amava anche Vraya.

"Avete il vostro scopo." Donovan li guardò, disapprovando, ma anche divertito. "Io non me ne starò qui. E ricordate: la conoscenza si vende una volta sola. Se non verrete con me adesso, tutto questo non vi frutterà nulla."

Vraya scosse la testa. "Ti sbagli." Con la coda dell'occhio vide la visitatrice alzarsi e guardare sopra le teste delle persone, come se stesse cercando qualcuno. "Noi abbiamo rubato qualcos'altro."

Li vidi parlare tra loro, nel crepuscolo, ai margini della festa. Cospiratori. Quelli che mi avevano inviato le immagini. Si erano davvero impegnati. Naturalmente, sapevo fin dal principio che questa città non era reale.

Centinaia di migliaia, no anzi, milioni di anni erano trascorsi dalla mia partenza. Del luogo originale non era rimasta neanche una macchia di ruggine o un granello di sabbia. Per questo, mi convinsi che non sarei mai potuta tornare a casa. Fino a quando non si presentò questa possibilità. Esitai a lungo prima di decidere se correre il rischio o meno, ma non appena incontrai il comitato di benvenuto, capii di aver fatto la scelta giusta.

Quella splendida donna, Vraya, venne di nuovo verso di me, facendosi largo tra la gente, i suoi occhi scuri fissi sui miei, un sorriso sulle labbra.

Per lei, avevo reso questa città la mia casa, per accoglierla. Non avevo più bisogno di andare altrove.

CHE NE FACCIAMO DEL LUPO?

di Roderick Leeuwenhart

traduzione di Davide Caproni

Dalla fantascienza militare ai futuri sul body-horror, Roderick Leeuwenhart (1983) scrive storie di fantascienza dal carattere tipicamente olandese – spesso con un legame con il Giappone e l'Asia orientale. I suoi più recenti romanzi di fantascienza sono The Gentlement XVII, *ambientato in un mondo in cui la Compagnia olandese delle Indie Orientali non ha mai smesso di esistere, e* Star Body, *su un equipaggio di estrazione mineraria condannato all'interno di un colossale cadavere alieno, pubblicato anche in Cina). Roderick ha vinto il Premio Harland e i suoi racconti sono stati pubblicati su riviste di prestigio come* Nature, Future Fiction *e* Analog. *E inoltre è anche co-editor di questa antologia di fantascienza olandese! Per saperne di più sui suoi libri, visitate www.roderickleeuwenhart.nl.*

È come disputare con il lupo / sul perché abbia strappato alla pecora l'agnello.

William Shakespeare, *Il mercante di Venezia*[1]

"Stai per entrare nell'area della Veluwe. Accetti le condizioni?"

Il lupo s'acquattò ringhiando, pronto a scagliarsi contro l'umano di cui sentiva la voce. Umano! Ma perché non sentiva nessun odore nelle vicinanze?

"Per accettare le condizioni, non devi fare altro che attraversare il confine situato a dieci passi da te."

---

1 W. Shakespeare, *The Merchant of Venice*, trad. di Sergio Perosa, Mondadori, 2000.

La voce sembrava essere molto, troppo vicina, come se provenisse dalla corteccia degli alberi. Il lupo snudò i denti, con la saliva sul labbro, pronto ad azzannare la gola di qualsiasi minaccia. Eppure, nonostante il pericolo evidente, i confini lussureggianti della foresta lo attiravano con l'odore di terriccio e delle dolci fioriture: *Qui c'è cibo. Cibo, cibo, cibo.*

Un passo in avanti. E poi un secondo.

Nessuno lo attaccò. Bene così. Già zoppicava e aveva alle spalle un viaggio estenuante. Quando sognava, il lupo vedeva davanti a sé lampi di renne braccate nella neve, un duello con l'alfa del branco, ferite, isolamento, una ritirata verso ovest. Agnelli in foreste più calde, attacchi continui di cinghiali. Continuando a spostarsi, per disperazione, verso questo luogo più in basso. Non aveva mai visto una natura così selvaggia, con voci che venivano dal nulla.

Un terzo passo, un quarto e un quinto.

"Sei a metà strada. Ora ti leggerò le condizioni generali. Entrando nella riserva della Veluwe, accetti le procedure legali, come stabilito dai Paesi Bassi…"

La voce continuò a parlare. Un miscuglio di suoni indecifrabili. Il lupo capì che si trattava di un'illusione. Nessuno stava parlando. Era un suono privo di forza, e lui aveva fame.

Sei, sette, otto, e con un balzo claudicante il lupo superò il confine della zona. Non che gli importasse: finché rimaneva lontano dalle città, se ne infischiava dei territori umani. No, qui, questo bosco fresco, quest'invitante brughiera: questo era il suo dominio! Avanzò zoppicando e poteva già sentire il sapore delle lepri e dei pulcini sulla lingua.

Poi ansimò in una nuvola d'aria strana, spruzzata da un gruppo di funghi su un ceppo, e sentì la forza abbandonare le sue zampe. Non capva cosa stesse succedendo, poi perse i sensi.

Dove sono?

[Nella riserva della Veluwe, lupo. Benvenuto.]

Perché mi fa male la testa? Ahia!

[Non ti grattare. Tieni giù quella zampa. I punti si rimargineranno da soli in meno di tre giorni.]

Che è successo?

[Come ti chiami?]

Io... penso di sì. Fyodor. Mi viene in mente Fyodor. Tu chi sei? Perché ti sento nei miei pensieri, se non sei me?

[Non c'è qualcosa che dovresti chiedermi?]

Tipo?

[Tipo, perché sai cosa sono i punti di sutura? O perché capisci la lingua degli umani?]

Fyodor balzò in piedi, come se quella fosse una scossa elettrica capace di rianimarlo. Zoppicante o no, si allontanò di corsa dal letto di muschio su cui giaceva, lontano dalla voce spaventosa.

Disorientamento totale. Dove si trovava? Nel cuore della foresta, sul bordo di una morena circondata da castagni. Fyodor si aggrappò alla prima cosa che riconobbe: l'odore dei larici. Mentre ne seguiva il profumo come un cane rabbioso, i ricordi riaffiorarono in lui. Non più vaghi frammenti, ma una storia, un passato in cui poteva scavare a piacimento.

Ricordava la taiga coperta di bianco, dove aveva fatto parte del branco di Halek. Insieme alla sua famiglia, Fyodor aveva dominato la foresta di conifere. Aveva provato l'ebbrezza d'inseguire mandrie di renne, isolare i loro piccoli e squarciare il loro ventre. Subito la sua testa si riempì di un senso di vergogna, anche questo una novità. Aveva sfidato Halek, giovane, in calore, e arrogante come la sacra Narodnaja. Gli era costato caro. La sua ricompensa non fu né una femmina né la guida del branco, bensì tendini strappati e il disprezzo degli altri lupi.

Una follia, a dire il vero. Era la prima volta che Fyodor considerava questo aspetto in modo così chiaro. L'aveva sempre portato con sé, ovviamente, ma non aveva mai avuto la consapevolezza di capire perché fosse successo e perché avesse cercato un nuovo rifugio nella Selva di Turingia. La Selva di Turingia! L'aveva letto su un cartello. Prima di allora era stata solo "l'altra foresta". Aveva vagato lì per mesi. Quella foresta brulicava di agnellini pronti per essere sbranati e di cinghiali irritanti che, dopo un po', avevano capito fin troppo bene di poterlo sopraffare. Era solo, era zoppo.

La fuga di Fyodor si era ormai ridotta a un trotto. La vecchia ferita alla zampa implora riposo e la testa gli pulsava. Cosa aveva detto la voce? Punti di sutura?

[Fyodor, calmati. Non c'è motivo di andare nel panico.]

Il lupo si voltò inferocito ed espose le zanne all'aria vuota. La presenza lo aveva seguito.

Vattene!

[Comunico con te grazie all'interfaccia neurale che ti hanno messo in testa. Sono in contatto col tuo cervello. È stata una procedura semplice. E poi, tu stesso hai dato il consenso.]

Erano tutte parole che non aveva mai sentito prima, ma riusciva a capirle, come se ci fosse un'enciclopedia aperta nella sua mente. Questo non lo calmò neanche un po'. Tuttavia, rilassò le mascelle, barcollò attraverso un campo di felci e si rannicchiò sotto le loro foglie.

Chi sei? chiese Fyodor, i suoi pensieri affilati come un coltello, pieni di intenti omicidi.

[Sono un'Intelligenza Sintetica, integrata nella rete fungina sotterranea della Veluwe. Considerami come la voce della foresta.]

Una foresta pensante?

[Lo trovo più strano di un lupo pensante? Inoltre, la foresta è sempre stata cosciente. Che voi mammiferi non riusciate ad accorgervene è un vostro difetto, non nostro.]

Esci dalla mia testa! urlò il lupo. Il suo autocontrollo era svanito. Anche il resto del corpo gli faceva un gran male. *Non sono stato io a chiederlo.*

[Ma l'hai accettato. Ora è il momento di spiegarti le regole della Veluwe.]

Era un bene che l'IS non avesse una forma tangibile, nulla che Fyodor potesse fare a pezzi in un impeto di rabbia.

Regolamento dei lupi della Veluwe, versione 5.02, 15/10/2052

1. La riserva della Veluwe è l'area naturale più estesa dei Paesi Bassi, progettata accuratamente per accogliere i lupi.

2. La presenza dell'IS funge da mappa. All'interno del suo raggio d'azione, i lupi potranno foraggiarsi a propria discrezione. Non è consentito uscire dai confini della Veluwe.

3. Il parco è aperto al pubblico, il quale è consapevole della presenza dei lupi. È assolutamente vietato attaccare persone o i loro animali domestici. Rimanere a debita distanza. Non accettare cibo dai visitatori.

4. È permessa la caccia alla selvaggina di piccolo taglio e al pollame. Nel cibarsi, il lupo non deve eccedere la quantità necessaria per sopravvivere.

5. Fanno eccezione le greggi di pecore indipendenti sulla brughiere. L'accordo sancito con i pastori prevede che il lupo possa catturare, a sua discrezione, pecore vecchie, deboli o malate. Il lupo si astiene dall'uccidere più pecore del necessario.

6. È gradito che il lupo contribuisca a tenere sotto controllo la popolazione di cinghiali. Le guardie forestali segnalano le aree a rischio di sovrappopolamento.

7. Regole speciali si applicano per il Parco di Het Loo, di proprietà della famiglia reale. Nel periodo che va da metà settembre fino al giorno di Natale, il lupo dovrà rimanere al

di fuori della suddetta area. Le guardie forestali sono autorizzate a sparare in tale periodo.

8. ...

L'incessante voce nella testa di Fyodor continuò a stilare la lista di norme e regole, fino a che il lupo pensò che gli sarebbe esploso il cervello. La rabbia lasciò il posto al panico. Per zittire l'IS, per quanto futile, si rialzò e riprese a correre.

Via! Via! Via!

Era peggio della più opprimente pressione sociale patita durante la vita nel branco. Queste regole bizzarre, le capiva ma non voleva capirle. Andavano contro la sua natura. Un lupo con una voce in testa, con la ragione e pensieri umani, era abbastanza da impazzire.

Così, ansimando, con la lingua penzoloni, fuggì dalla morena. Il fitto bosco divenne un paesaggio aperto e collinare, pieno di cespugli di un viola così acceso da fare male perfino ai suoi occhi di lupo. L'odore stordiva i suoi sensi e Fyodor si ferì alle zampe con i rami.

Non fa male. Fuggi!

Ma la cieca disperazione intorpidisce anche più del polline e del profumo dei fiori.

Fyodor era appena uscito dai cespugli di lillà quando sbatté contro qualcosa che lo respinse con la forza di un fulmine. Il lupo guaì e fece un balzo all'indietro. La zampa anteriore era intorpidita e la pelle formicolava.

Concentrati! Non può essere peggio di quell'orso apparso dal nulla durante la forte nevicata. A confronto, questo non è niente!

Contro cosa aveva sbattuto? Una lunga recinzione, una griglia, in apparenza elettrificata (come faceva a sapere dell'elettricità?). Tuttavia non era così alta, e per di più era piuttosto traballante. Però era davvero efficace.

Più importante, però: oltre il recinto, Fyodor scorse un gregge impaurito di pecore dal vello marrone chiaro, così terrorizzate dalla sua presenza quanto lui stesso. Sentiva il loro belato nervoso e subito la sua testa si riempì di un'irrefrenabile sete di sangue. Non mangiava da giorni, era affamato e non si sarebbe lasciato fermare da nessuna recinzione!

Fyodor si fece forza e saltò oltre la rete metallica a bassa voltaggio. Il suo sguardo si restrinse, il gregge non aveva scampo. Corse sempre più veloce, consapevole che le avrebbe smembrate tutte. Ognuna di quelle bestie lamentose con gli occhi vorticanti e pietrificate dalla paura.

Prima di riuscire a ghermirne una, sentì un tuono rimbombare attraverso la brughiera. Poi una voce femminile: "Prendilo!"

E prima che Fyodor si rendesse conto di cosa lo avesse colpito, fu strappato alla sua concentrazione ossessiva e scivolò sul terreno, assalito da un cane pastore. Fyodor ringhiò. La bestia abbaiò e si preparò ad attaccare.

"Kiloton, fermo."

Il cane si allontanò subito, ma lo teneva comunque sott'occhio. Fyodor finalmente vide la donna che si avvicinava attraverso il gregge. Era una pastorella, vestita con diversi strati sottili di tessuto, scarponi robuste da trekking e un berretto con visiera contro il sole. Dalla sua bocca sporgeva una pipetta accesa e tra le mani risplendeva un fucile da caccia da cui usciva del fumo dalla canna.

Con calma, si avvicinò a Fyodor, immobile, e gli puntò l'arma al petto.

"Sono pazzi se pensano che non proteggerò il mio gregge dai lupi. Anche se capisci quello che dico."

Fyodor la capiva, infatti – cosa oltremodo inquietante. Tuttavia, la padronanza mentale del linguaggio umano non significava che la sua bocca e la sua lingua fossero attrezzate per parlarlo. Emise un ringhio, come per sfidare il fucile puntato.

"E poi stanno lì a blaterare e a fare bei discorsi sul respiro della civiltà. Conosci le regole, lupo civilizzato? Be', ecco la mia regola: tieni le zampe lontane dalle mie pecore."

Fyodor vide il suo sguardo deciso. Di sicuro poteva spargli, una scelta sensata. Era ferito e zoppo, un bersaglio facile. Anche se fosse riuscito a scappare, il cane lo avrebbe raggiunto con un paio di falcate e lo avrebbe azzannato al collo. Ma lei fece un passo indietro e abbassò l'arma.

Un'occasione per fuggire.

Nemmeno il tempo di concretire l'opportunità che sentì una voce in lontananza: "Hilal!"

La pastorella fece un respiro profondo. Di colpo, non era più in pericolo. Spostò l'attenzione sull'uomo che si stava avvicinando con un gilet mimetico. Parcheggiò la bici elettrica sul sentiero e saltò con rabbia oltre il recinto anti-lupi – davvero impressionante – e all'arrivo estrasse il taser.

"Questo è ancora selvatico, guardia forestale," disse Hilal. "Liberatevi di lui. Stava per attaccare il mio gregge."

Liberatevi? Una via d'uscita? Fyodor capì le parole e trattenne l'entusiasmo. *Resta giù, adesso. Chissà, forse mi porteranno via loro.*

L'uomo era fuori di sé. "Te l'ho già detto dieci volte che non voglio vedere quella recinzione qui. Attieniti alle regole."

"Devo quindi lasciare che le mie pecore indifese vengano sbranate dai lupi?" disse Hilal adirata, per poi tirare una boccata di fumo dalla pipa. "È chiaro che le tue regole sono inadeguate, amico. Il vostro sistema non funziona."

"Hilal, tu qui sei ospite della Veluwe, così come lui," rispose la guardia indicando Fyodor. "Ci sono già otto generazioni di lupi che vivono in armonia con noi e l'ecosistema locale. Tu sei l'unica allevatrice che ancora interferisce. Togli questa robaccia, di questo esemplare mi occuperò io."

Il cane pastore ringhiò all'uomo. Che Hilal gli avesse dato un comando di nascosto? Era forse un sorrisetto quello che Fyodor vide apparire sulla bocca di lei? Fatto sta che la cosa irritò molto la guarda forestale. Prima redarguì il cane, poi la donna, e infine sparò un dardo stordente sul fianco di Fyodor.

Erano passati pochi giorni dall'incidente con il lupo. La bestia era stata estradata in Germania e la sua interfaccia era stata disattivata. Giusto così. La giornata era stata lunga e Hilal voleva vedere la Via Lattea prima di andare a dormire.

Spense la torcia elettrica con il repellente antizanzara, in realtà vietata nella riserva della Veluwe, come tante altre cose. L'unica fonte di luce del campo adesso era il tenue bagliore della sua pipa. Aspirò il prezioso tabacco, importato da Shanghai, e soffiò un anello di fumo a forma di ciambella verso il cielo. Non ci riuscì. Non riusciva a capire come fare.

Ospite della Veluwe, disse Hilal tra sé e sé. *Questa è casa mia. Non di quel funzionario o di un predatore clandestino. Casa mia. Mia e del mio gregge.*

Le pecore sonnecchiavano più lontano, così come Kiloton, che dormiva dall'altra parte della strada, seppur vigile. Hilal si sdraiò nel sacco a pelo. Guardò l'Orsa Maggiore, il Grande Carro, l'Orsa Minore e poi tracciò con il dito il percorso verso la Stella Polare.

Si sentiva insonnolita.

Non va bene dormire e fumare.

Tornò in sé per un momento per sistemarsi, e fu allora che vide la sagoma ben definita del lupo all'estremità del suo sacco a pelo. Gli occhi luccicanti alla luce delle stelle, due orecchie dritte, una bocca piena di zanne scintillanti.

Hilal si irrigidì, il sonno fu scacciato e sostituito da un momento di paura.

Era impossibile, ma era di nuovo qui, venuto per ucciderla. Pensò alle opzioni: *appena chiamo Kiloton, mi attaccherà. Dov'è l'arma? Vicino ai piedi. Ai piedi, proprio dove sta quel mostro!*

Non le venne in mente di comunicare con lui. Il momento era troppo primordiale, la minaccia così concreta che a Hilal servirono subito tutte le sue forze per sopprimere l'istinto di fuggire o di lottare. L'unica cosa che restava da fare, con i palmi delle mani umidi di terrore, era accettare che doveva andare così, che sarebbe morta qui, nella natura selvaggia e addomesticata della Veluwe.

E questo, per giunta, era ciò per cui si era sempre battuta. "Mantenere la natura incontaminata," aveva detto tante volte all'istituto scientifico e ai loro complici. "E se qualche escursionista muore, pazienza. Così dev'essere. L'uomo deve imparare a non temere più paura la natura, perché noi non siamo nulla di speciale." E lei, signora? Con le sue pecore è estremamente vulnerabile, no? "Me la caverò."

A quanto pare si riferiva a me. Pazienza, dunque, se muore una pastorella.

Ma il lupo continuava solo a fissarla. Lei vide un barlume d'intelligenza nei suoi occhi. All'improvviso chinò la testa e se ne andò, *con il fucile in bocca!*

Hilal si infuriò. Avrebbe potuto rubarle la torcia o il sacco a pelo, persino i pantaloni, ma doveva stare lontano dal fucile! Balzò in piedi e fischiò forte. Ottanta pecore volsero lo sguardo vitreo verso di lei, mentre Kiloton si svegliò di colpo.

"In piedi! Stammi accanto. Dobbiamo sbrigarci."

In due secondi s'infilò gli scarponi in Gore-Tex, si chiuse il giaccone e si mise in marcia nella foresta, seguendo le tracce fin troppo evidenti del lupo.

Nonostante la presenza del cane pastore (anche lui in grado di mordere), Hilal si sentiva vulnerabile. Era notte fonda.

Buio pesto sotto la volta degli alberi, e la sua arma era stata rubata da un superpredatore.

"Quel bastardo ci sta attirando verso di lui," sussurrò. "Rimane sempre nelle vicinanze, sbatte la coda qui, lascia le impronte là."

Le si rizzarono i peli sul collo. Questo comportamento era tutt'altro che normale per un lupo, tantomeno per una versione adattata della Veluwe. Per fortuna, conosceva il bosco come le sue tasche ed evitava radici e ruscelli prosciugati dove una caviglia qualunque si sarebbe slogata in un attimo. Annusò dei fiori notturni, quelli che sbocciano solo al chiaro di luna, e ispezionò la terra divelta da un cinghiale che cercava tartufi. Kiloton la seguiva vigile.

Si stavano avvicinando alla zona di confine.

Allora il gioco finirà presto. Appena lui mette una zampa fuori dalla Veluwe, all'istituto scatteranno decine di allarmi. Cortocircuito del chip, e la bestia perde conoscenza.

Ma prima di allora, molte cose potevano andare storte. Un lupo alle strette...

Il cane si fermò. Emise un latrato cortissimo. Qualcosa era cambiato. Hilal scrutò nella fitta vegetazione. Si stava nascondendo lì? Si aspettava che, da un momento all'altro, un lampo grigio l'avrebbe travolta; invece, sentì: "Non sei la sua preda, pastorella. Non temere."

La voce controllata, né di uomo né di donna, proveniva da tutte le direzioni. Hilal si rannicchiò, e anche Kiloton girò su sé stesso per guardarsi intorno.

"Aspetta, so cosa sei. L'intelligenza artificiale del territorio. Un'altra brillante idea degli alchimisti del laboratorio."

"Scusa, ma è sintetica, non artificiale. Sono un tutt'uno con la rete fungina del bosco. Pensiamo insieme. Due menti sono più intelligenti di una."

"Sì, sì..."

Hilal prestava solo metà attenzione alla voce. Nel frattempo, continuava a cercare le tracce del ladro. "Perché non tieni a bada il nostro amico?"

Come a comando, il lupo saltò fuori da dietro una betulla, con l'arma tra i denti. Kiloton puntò le zampe. Hilal lo guardò implacabile. Non si sarebbe mossa di un centimetro, non prima di aver riavuto il fucile. Il lupo, però, annuì e lasciò cadere l'arma sul sentiero.

"Dice," riferì l'IS, "che avrebbe preferito essere riportato nella taiga e aver liberata la mente da tutta questa consapevolezza, ma loro hanno fatto l'esatto contrario. Secondo Fyodor – si chiama così – hanno potenziato la sua coscienza, intrecciando ancora di più il suo cervello con il mio mediante l'interfaccia neurale diretta. Vogliono civilizzarlo a tutti i costi. Una volta era un lupo puro, guidato dall'istinto e dalle relazioni con i suoi simili. Ora è una chimera, un lupo con un'intelligenza umana. Lui riflette. È consapevole del passato e del futuro. Per lui, è un'agonia."

Hilal passò con cautela davanti a Kiloton, si chinò verso il fucile e lo raccolse. Piano piano, come se non stesse facendo nulla di importante, tolse la sicura, appoggiò il calcio alla spalla e puntò la canna verso questo *Fyodor*.

"Ho una soluzione," disse.

Fyodor aveva messo in conto che una cosa del genere potesse accadere. Era evidente data l'enorme conoscenza a cui aveva accesso grazie all'IS: l'essere umano era imprevedibile e non tollerava pericoli o incertezze. Tuttavia, aveva restituito deliberatamente il fucile alla pastorella.

"È una possibilità," segnalò all'IS, la quale parafrasò con precisione.

Era stato facile attirarla qui, affinché Fyodor potesse comunicare con lei mediante gli altoparlanti sotterranei al confine. C'era un'ampia e profonda voragine tra il lupo e l'uomo. La fiducia doveva essere conquistata centimetro per centimetro.

"E se non avessi voglia di negoziare coi lupi?"

"Lui dice che è meglio ascoltare ancora un po'," rispose l'IS, con la stessa gentilezza con cui ci si rivolge ai bambini. "Ha notato che ti opponi alle regole del posto, proprio come lui. La guardia forestale ha perso le staffe e, non mi fraintendere, io stesso credo che Fyodor abbia ragione: non ci vorrà molto prima che caccino anche te. Il che, ironia della sorte, è proprio quello che vuole lui per sé, senza poterlo ottenere."

"Ci vorrebbe un bulldozer per cacciarmi. Ho Kiloton e ottanta pecore che mi fanno da cuscinetto."

Fyodor serrò i denti, un ghigno interiore. Era interessante portare avanti quella conversazione. Continuava a dialogare nella testa con l'IS, la quale verbalizzava i suoi pensieri per la pastorella. In pratica, stava parlando su due canali diversi allo stesso tempo.

Questa umana ha carattere.

[Senza dubbio, Fyodor. Ma non sarebbe più saggio assecondare ciò che vogliono i miei creatori? La Veluwe è ben organizzata e qui non soffrirai mai la fame né conoscerai alcun pericolo.]

Qualcosa della vecchia rabbia tornò, benché stavolta domata dalla ragione.

E dovrei rassegnarmi a quest'umiliazione? Mi hanno privato dell'innocenza! Hanno costruito una trappola orribile. Finché non capisci le regole, non sei obbligato a seguirle e non possono punirti per una violazione. Quindi mi hanno reso abbastanza intelligente da capirle! E ora non si torna indietro.

[Gli olandesi amano l'ordine e la disciplina per tutti, tranne che per sé stessi.]

E questo non ti fa infuriare?

Se l'IS avesse avuto un corpo separato dalla rete fungina, avrebbe fatto spallucce.

[Quest'emozione non appartiene al mondo delle muffe, né al mio programma.]

Allora m'infurierò io per entrambi. Dille questo...

Comunicare col pensiero è molto più veloce che con le parole; quindi, la donna e il suo cane non dovettero aspettare nemmeno un secondo per la risposta.

"Con tutto il rispetto, ma non sarà molto efficace. Fyodor ha una proposta migliore; vede una sola vita d'uscita da questa situazione di stallo. Per due volte lo hanno potenziato in risposta alla sua incontinenza. Non lo lasceranno andare a meno che non superi una certa soglia."

La pastorella si mise in posizione di guardia, senza perdere di vista il lupo. "Quale soglia? Parla! Di che soglia parli?"

"Solo un atto imperdonabile avrà effetto. Fyodor intende sbranarti. Non c'è altro modo."

Lei rimase sconcertata dalla risposta, detta in maniera così fredda dall'invisibile IS. Come se Kiloton se ne fosse accorto, ricominciò a ringhiare. Tra cane e padrone esiste un legame intangibile. Hilal si riprese e strinse il dito intorno al grilletto.

"Allora hai commesso un grave errore a restituirmi il fucile."

Fyodor fissò dritto nella canna dell'arma. Sapeva che la morte poteva schizzare fuori da lì in qualsiasi momento. Ma contava sui nervi d'acciaio della sua avversaria. Hilal doveva continuare ad ascoltarlo ancora un po'.

"Non è stato un incidente. Il piano offre anche a te la possibilità di ottenere ciò che vuoi. Fyodor ha ipotizzato che se tu ti trovassi coinvolta in uno scontro mortale con un lupo che, contrariamente alle aspettative, si è dimostrato poco ricettivo ai loro trucchi di domesticazione, il progetto sarà considerato un fallimento."

"E ci lasceranno in pace? È questa la sua idea?"

"Niente più regole. Niente più modifiche cerebrali. Forse potrebbero perfino smantellarmi – un'idea a cui sento di dovermi opporre, a essere onesta. In un certo senso, mi sono affezionata a questa esistenza."

"Quindi, se ho capito bene," la donna delle pecore si leccò le labbra, "abbiamo bisogno una lotta all'ultimo sangue."

"Deve sembrare vero. *Essere* vero. Sanguinosa. Al limite della morte e d'effetto."

Il momento si stava avvicinando. Fyodor si preparò, sperando che i suoi tendini malandati reggessero. C'era la possibilità che potesse perdere. Gli umani erano tenaci quanto i lupi, se si trattava di sopravvivenza. Ma non bastava uccidere qualcuno nel sonno. Doveva essere una lotta tra due specie. Il divario non doveva essere colmato, ma allargato, e reso infinitamente più profondo. Solo allora la follia di questo progetto sarebbe diventata evidente.

[Fyodor, è il momento.]

Chi pensi vincerà? chiese lui all'IS, una traccia d'esitazione nello schema dei pensieri.

[Nessuna idea, e a noi non cambia molto. Ogni cadavere diventa compost delizioso.]

La pastorella pestò il piede a terra, impotente. "Preferirei tornare nel mio sacco a pelo, ma naturalmente sarebbe come nascondere la testa nella sabbia. E mi attaccheresti non appena ti voltassi le spalle."

"Fyodor dice: esatto."

L'IS non aveva ancora finito di parlare, che Hilal sparò un colpo. Il proiettile non colpì la testa di Fyodor, ma si conficcò in una zampa. Lui mugolò. Era una mossa brillante: continuare a parlare e colpire all'improvviso. Il fatto che lei gli avesse sparato di proposito alla zampa dimostrava che aveva capito la bontà dell'idea. Sarebbe stata una lotta cruenta. Ma la donna la voleva vincere. Ferito il lupo, maggiori possibilità per lei.

Be', non sono ancora stato sconfitto!

Il cane pastore era il primo problema. Kiloton era enorme, robusto e anche atletico. Fyodor poggiò la zampa colpita per compiere un rapido semicerchio, digrignò i denti dal dolore, e azzannò. Sentì il sapore del pelo e, mordendo più forte, anche quello del sangue del cane. A sua volta Kiloton latrò e cercò di morderlo, perché Fyodor si allontanò con un balzo e si lanciò sotto di lui. Come fosse un osso, gli moriscò una zampa posteriore e scattò dall'altra parte.

Essendo anche lui un cane menomato, Fyodor sapeva bene cosa volesse dire non poter fare più affidamento alle proprie zampe.

Adesso erano pari. Fyodor ansimò e si scagliò sugli occhi di Kiloton per finirlo. Sanguinante e stordito, il cane pastore si accasciò a terra.

Ora, il vero pericolo.

Fino a quel momento, Hilal era rimasta ferma a osservare il suo compagno occuparsi del lupo. Ora toccava a lei. Puntò il fucile mentre lo caricava. Senza dubbio, Fyodor era spacciato. Nel conflitto tra lupi e umani, questi ultimi avevano sempre un vantaggio: sapevano imbrogliare. Tagliole, fucili ad aria compressa o mitra AK-47, laser e armi a ultrasuoni. *Strumenti.* Anche questo fucile relativamente semplice era letale. Lui l'avrebbe raggiunta in tre balzi, ma lei sarebbe riuscita a premere il grilletto molto prima.

Sperare che avrebbe sbagliato? Oppure saltare di lato per confonderla?

Sarebbe stata una scommessa rischiosa.

Preferì usare i suoi strumenti. Dopotutto, gli scienziati non avevano migliorato solo l'intelligenza e la coscienza di Fyodor, gli avevano anche donato, a sua insaputa, un potente alleato.

Hilal trattene il respiro per stabilizzare la canna del fucile. Il suo sguardo avrebbe seguito ogni movimento di Fyodor. Poi una voce riecheggiò nella notte della Veluwe: "Hilal! Sei impazzita? Getta l'arma a terra e lascia in pace quel lupo!"

La sua concentrazione vacillò. Sbatté le palpebre e lo sguardo si spostò a destra, da dove proveniva la voce. Fyodor lo vide, così come vide che lei aveva capito subito che non si trattava della guardia forestale, ma di una perfetta imitazione proveniente da un unico altoparlante sotterraneo. Una frazione di secondo, ma sufficiente per colpire.

Grazie mille, fungo pensante.

Prima che Hilal potesse riprendersi, Fyodor le aveva già affondato i denti nella spalla. Adesso iniziava il lavoro sporco, gli sparmi, lo sparo casuale verso il cielo notturno, il ricordo del rantolo di morte di innumerevoli alci, e poi unghie e denti umani che cercavano ancora di ferirlo e, chissà, magari un vincitore inaspettato in questa lotta.

Fyodor giaceva steso a terra. Il suo petto era come il mantice di una fornace, ansimava in modo fuoriso. Del sangue sgocciolava dalla pelliccia e colava lungo il suo corpo. A fatica, guardò di lato, verso Hilal. Anche lei giaceva sconfitta sull'erba, gemendo e incapace di muoversi.

Era finita.

"Ehi, ehi, amico."

[Sì, Fyodor?]

"Tu sei in contatto con l'istituto. Fagli sapere dove siamo."

[I loro schermi diventano rossi... ora.]

Fyodor sentì il sangue zampillare a terra e le zampe intorpidite. Forse non ce l'avrebbe fatta prima che quei benefattori della natura lo trovassero, lo ricucissero, gli togliessero quel chip dal cranio e lo facessero uscire da questa gabbia. Altrimenti, sarebbe tornati nella taiga! Dovevano farlo! O quello o la morte. Fyodor era sereno in un caso o nell'altro.

Era preoccupato anche per la donna. Si era difesa con coraggio, doveva essere stata quasi un lupo in una vita precedente. Anche lei giaceva ferita a morte e sanguinante. Eppure si era trattenuto quando aveva sentito la sua arteria pulsare sotto i denti.

Speriamo sopravviva anche lei. Altrimenti, dovrebbe rallegrarsi, perché la sua morte ha cambiato le cose.

Era preoccupato, ma sorrise.

Il loro lavoro è stato smantellato.

[Benvenuti nella Veluwe dell'anno 2139, famiglia di lupi erranti. Forse avete sentito parlare di questo luogo come dell'ululato del vento: eravamo noi.

Abbiamo segnato noi l'apertura nella siepe spinosa attraverso cui siete passati. Sappiate che una singola puntura è così tossica che qualsiasi mammifero morirà entro un giorno senza una trasfusione di sangue. Anche se faremo in modo che non vi capiti nulla, non vi avvicinate.

Siete confusi? Vi abbiamo concesso una piccola miglioria per rendere possibile questo soggiorno. Le nostre spore sono entrate nelle vostre narici e hanno sviluppato una connessione benigna con il vostro cervello. Adesso siete in contatto con noi. Le spore si deterioreranno da sole col tempo e devono essere rinnovate. Se la vostra famiglia dovesse lasciare la Veluwe, gli effetti svaniranno da soli, e voi tornerete senza problemi alla semplice natura di lupi. È una vostra scelta.

Forse avrete anche sentito parlate del dio lupo che vive qui. Siamo noi. Fyodor era il nostro vecchio nome. Adesso siamo molto di più. Una sintesi eterna: né lupo, né fungo, ma la Veluwe nella sua totalità. Forse un giorno vi capiterà di avvistarci: un'apparizione antichissima, pelle e ossa, con funghi sulla pelliccia che emanano nuvole di spore. Non abbiate paura di noi. Tutto ciò che volevamo era un luogo senza interferenze umane, senza regole né imposizioni. Non ci è stato concesso, nemmeno dopo un ultimatum. Il desiderio di continuare a potenzarci è diventato la loro stessa rovina e la nostra salvezza: abbiamo trasformato questa zona nel nostro dominio.

Qui non ci sono regole, tranne una. Sulla vasta brughiera pascola un gregge di pecore insieme a una pastorella. Anche lei è molto anziana, ormai cieca, e la sua risata gracchiante riecheggerà tra i ginepri. Non fatele del male. Lasciate stare lei, la sua lana e non infastidite il suo cane che abbaia. È un'ospite sacra, l'unica umana qui, ed è sotto la nostra protezione.

Infine, sappiate che la Veluwe è qui per voi. È casa vostra, e di nessun altro.]

di Joost Uitdehaag

traduzione di Davide Caproni

Joost Uitdehaag ha debuttato nel 2015 con la duologia Fulia, *storia fantasy su una principessa in un mondo medievale post-apocalittico. Il romanzo è disponibile in inglese su Amazon. Nel 2020, Joost ha pubblicato* Vechten voor Eva, *un thriller biomedico basato sulla vera storia della scoperta di una medicina contro il cancro. Nel 2022 è apparsa la sua antologia di racconti* Pake Pollok en Andere Verhalen. *Le sue opere sono pubblicate dalla casa editrice cooperativa Nimisa. Molti dei suoi racconti sono pubblicati su riviste olandesi come* Pure Fantasy, Fantastische Vertellingen *e* Ganymedes. *Il suo racconto in inglese* Life in a Monastic Lab *è apparso sulla rivista Nature nel 2009 ed è stato incluso sull'antologia* Nature Futures *pubblicata da TOR nel 2014. Nel 2017 ha vinto il bronzo agli Harland Awards per il racconto* Onzekere Anna. *Nel 2020 ha vinto il premio Edge. Zero2020 per* Pake Pollok. *Quando non scrive, Joost lavora per un'azienda biotecnologica, studiando nuove molecole. Vive con la sua famiglia nel sud dei Paesi Bassi, dove si gode l'occasionale birra artigianale e i giochi da tavolo.*

Il momento in cui la mia vita andò in frantumi arrivò un venerdì pomeriggio al bar Hooghoudt. Per il nostro appuntamento, Robin e io ci eravamo seduti accanto alla finestra, così da poter vedere le foglie autunnali svolazzare sulla piazza del Grote Markt.

Il caffè con panna e liquore dell'Hooghoudt era un lusso che aspettavamo con ansia per tutta la settimana. Gli altri clienti nel piccolo caffè ci guardavano di nascosto e sorridevano, perché sembravamo proprio usciti da una di quelle scenette da una commedia romantica: io lo studente intellettuale con una giacca di tweed presa al mercatino dell'usato, Robin la brillante giornalista con un berretto bianco, ancora di sua nonna.

"Com'è andato il colloquio con quelli delle risorse umane?" chiesi.

Le lacrime le fecero luccicare gli occhi. Le scacciò subito con la punta delle sue unghie perfette, ma io me n'ero già accorto. Quella reazione mi spaventò. Robin non si lasciava andare facilmente.

"Un colloquio con un chatbot," disse lei.

"E cosa aveva da dirti?"

"L'azienda era molto soddisfatta del mio lavoro." Tamburellò le dita sul tovagliolo. Una sua lacrima formò una macchia scura. Più tardi, avrei preso quel tovagliolo per metterlo via nella mia tasca. Robin sognava di diventare un'*opinion leader*, una vlogger indipendente all'antica, con milioni di follower. Ma non si iniziava così. Per guadagnare qualcosa, dopo la laurea si era fatta in quattro per riuscire a scrivere dei pezzi per il giornale locale.

"Perché quelle lacrime allora?"

"Dovevo addestrare quel nuovo servizio dell'Axis, no?" rispose lei. "Be', ora funziona. Raccoglie in automatico tutte le notizie della regione e in un'ora sputa fuori un'edizione completa del giornale. Davvero incredibile."

"Quei pezzi non posso di certo competere con i tuoi," dissi.

Lei sorrise amareggiata. "Non tutti la pensano come te."

Attesi pazientemente.

"Non mi rinnoveranno il contratto," concluse lei.

Il bar si trasformò in una caverna buia e scura. Eravamo stati così felici del suo lavoro, il primo passo verso un futuro radioso. Il suo contratto era stata la risposta a tutti coloro che ci accusavano di aver scelto studi che ci avrebbero portato alla povertà. Avevamo scelto con il cuore, non per paura. Eravamo stati coraggiosi e ciò ci aveva ripagato perché avremmo realizzato i nostri sogni. Il senso di trionfo era durato sei mesi.

"E adesso?"

Robin alzò le spalle.

"Mettersi in proprio?" chiesi. "Come *freelancer*?"

Non riuscì a riderci sopra. "Conosci qualcuno che ci è riuscito?"

Scossi la testa. I tempi dei blogger indipendenti, dei negozi online, della prospera anarchia di internet erano ormai finiti. Quel tipo di persone non appariva più nemmeno nei risultati di ricerca, anche quando riuscivano a superare i filtri di caricamento.

L'epidemia aveva dato il potere ai giganti della rete.

Robin doveva sentirsi ancora più sfatta di quell'orologio nel quadro di Dalì. Volevo stringerla a me e abbracciarla, anche se toccarsi in un pubblico di questi tempi era qualcosa di disdicevole, come sputare sul marciapiede.

"Magari i miei potrebbero prestarci un po' di soldi," borbottai. "Finché non riusciamo a trovare qualcosa."

Posò il tovagliolo. "Ma per cosa, Nic? Per cosa?"

"Per aspettare che arrivi un'altra occasione."

Sbatté la mano sul tovagliolo. "Ho venticinque anni, Cristo. È *già* troppo tardi! Non voglio più tornare in una casa che puzza di fritto."

Non sapevo più cosa rispondere. Avevamo avuto questa discussione già tante volte. È vero, la vita nello studentato non era un granché, ma era temporanea. Saremmo andati a vivere per conto nostro.

Lei annuì. "Il chatbot mi ha chiesto se volessi un contratto a zero ore con Axis."

"Non avrai mica..."

"Ho firmato."

Mi trattenni dall'imprecare. Mi aveva fatto giurare di fermarla a tutti costi se avesse mai minacciato di fare qualcosa del genere. "Ma avresti dovuto..."

"So cosa ho detto. Non ne parliamo."

"Per quanto tempo?"

"Dieci anni in esclusiva. Con il bonus della firma posso comprarmi un auto."

"Non è giusto," borbottai.

"Devi cercare di capire." Allungò la mano verso di me.

Mi zittii e guardai fuori. Quel contratto stava mandando la mia vita all'aria come tessere di un domino che cadono. Il bonus erano sì tanti soldi, ma anche uno specchietto per le allodole. Alla fine, da Axis guadagnavi troppo poco per vivere da solo; tranne che in qualche squallido studentato. Quindi Robin si sarebbe trasferita; quindi non saremmo andati a vivere insieme per un po'; quindi ci saremmo visti di meno. Che tipo di futuro avevamo?

"E adesso?"

"Papà verrà a prendermi tra poco. Per fortuna posso tornare a casa."

"Voglio aiutarti con il trasloco," dissi.

Poggiò la mano sul tavolo, sfiorando le mie dita. "Non devi, Nic."

\#

Me ne andai per evitare che il discorso si tramutasse in polemica: volevo che il mio amore per lei rimanesse puro, intatto. M'incamminai verso il Grote Markt. Sulla piazza c'erano sempre manifestanti, giorno e notte, quasi teneri nella loro convinzione che il comune avrebbe risolto tutto. Perché erano così ingenui? Il comune sapeva dei contratti capestro della Axis, così come lo sapevo io.

Ogni anno promettevano miglioramenti, ogni anno la situazione peggiorava. Nel frattempo avevano presentato con orgoglio l'ennesima espansione del grande cavo-internet transatlantico ad Eemshaven e l'enorme centro di elaborazione dati costruito dalla Axis; e intanto, accoglievano sorridenti con le loro facce paffute i direttori della Axis, che avevano soldi a palate, come dèi dell'Olimpo; e intanto, permettevano a Robin di passare giorni interi nella sua vecchia camera da ascolescente a scrivere e modificare testi, al solo scopo di addestrare il software della Axis. E dopo dieci anni, o anche meno se lei avesse deciso di andarsene, quelli della Axis l'avrebbero licenziata, rimpiazzandola con un bot. Trattata come se fosse altro che un prodotto usa e getta. Era terribile pensare che lei stessa, firmando quel contratto, sapeva di aver buttato via la speranza di un futuro migliore.

Imboccai la Herestraat, passando davanti ai negozi sprangati. I rispettabili negozi di moda, di libri, di arredamento erano man mano scomparsi. Ora la città era solo l'ombra del luogo colorato della mia infanzia, piena di odori di cibo e di acquirenti in abiti costosi. Le grandi corporation, le cosiddette *Cinque A* – Alphabet, Ali, Apple, Amazon, Axis – avevano divorato tutto come uno sciame di locuste. I negozi erano stati spazzati via dalla concorrenza e i posti di lavoro automatizzati. Era difficile immaginare che un tempo migliaia di persone si recassero negli ormai fatiscenti uffici di DUO e KPN per fare dietro una tastiera cose che ora facevano i bot.

In facoltà, la gente si chiedeva in che cosa fossero brave le persone di allora. Già solo per questo, mi venivano i brividi.

Il McDonald's era uno degli ultimi ristoranti ancora aperti, anche se ora davanti alle vetrine c'era del filo spinato. Ci passai davanti, non avevo soldi per un hamburger. Il mio sguardo cadde sui graffiti accanto all'edificio. Due "P" intrecciate erano state dipinte con la vernice spray, una dritta, l'altra rovesciata, sovrapposte come un'antica runa con due braccia sporgenti. Sullo sfondo di versioni precedenti, sbiadite e mezze cancellate, quella doppia P spiccava con i suoi colori vivaci. Una P rosso sangue, l'altra P nero pece. I colori del diavolo. Sapevo che PP stava per Pake Pollok, l'ennesimo movimento di protesta. Solo che questo era più radicale, intransigente, spaventoso.

Accanto al simbolo, un gruppo di studenti tremava di freddo. Non tutti avevano il lusso della casa dei genitori come rifugio. Una ragazza minuta coi capelli rossi portava di traverso sugli occhi una fascia color vermiglio. Usare il trucco per eludere il riconoscimento facciale era l'ultima tendenza. Un ragazzo alto e magro indossava una vecchia maschera *Occupy* rattoppata col nastro adesivo. A vederli coi loro vestiti logori, da straccioni, sembravano zombi in attesa del nulla.

Mi fissarono mentre guardavo con disapprovazione la runa con le *P*.

"Conformista," sussurrò il tipo mascherato. Volevo andarmene, non volevo problemi, ma mi trattenni. Forse era proprio questo il motivo per cui ora rischiavo di perdere Robin.

"E tu, invece, che fai? Te ne stai lì e basta? Che grande aiuto."

"Facciamo da palo, amico," rispose il ragazzo. Non lo disse in modo aggressivo; piuttosto, fu sorpreso dal fatto lo stessi prendendo sul serio. Fece due P con le mani. "*Pake Pollok rules*," disse.

Rimasi di stucco nel sentirli nominare il nome così apertamente. Di questi tempi, si riceveva un ammonimento da parte del comune per molto meno. Mi guardai attorno. La strada era vuota.

"Di che hai paura, *sfigato*?" chiese lui.

Sfigato. Lo aveva capito anche lui. "Non credo nell'anarchia," risposi.

Fece un passo verso di me. Rimasi lì fermo. Se avesse voluto farmi del male, ne avrebbe avuto benissimo l'occasione. Ma io non ero spaventato, perché stava conversando con me in modo onesto e perché aveva l'accento di Groningen. Si sporse in avanti e avvicinò la bocca al mio orecchio. "Stasera vieni al Vera, amico, e lasciati convincere."

"Che c'è lì?"

"Parola d'ordine: *suffragette*; se ti interessa." Fece un passo indietro, continuando a ignorarmi.

Me ne andai. *Sfigato*. Non mi sentivo offeso. Anzi, ero felice che qualcuno mi avesse preso sul serio nella mia miseria.

Il Vera era un vecchio locale chiuso ormai da anni. Le band in tournée venivano trattate con sospetto, come focolai di virus e idee radicali. Come ogni cosa che non si poteva controllare, in effetti.

Un tizio era poggiato all'entrata sbarrata del locale. Gli chiesi se fosse qui che si esibivano le *suffragette*. Spinse col tallone la porta socchiusa, senza nemmeno guardarmi.

Mi chinai sotto le assi e arrivai all'entrata, ancora tappezzato di poster dell'epoca in cui le band suonavano ogni fine settimana. L'odore di muffa mi invase i polmoni, mentre scendevo nella sala grande. Diversi gruppetti se ne stavano lì, ognuno per conto proprio. Senzatetto, neo-punk, frequentatori del banco alimentare. Sfigati, proprio come me.

A quanto pare, ero arrivato giusto in tempo, dato che le luci cominciarono a sfarfallare. Due proiettori illuminarono il palco. Una donna in una rete metallica camminò in mezzo al bagliore dei riflettori, o almeno così pareva perché, in realtà, davanti a me si stava formando un ologramma. Quegli affari erano tornati di moda, e capii subito il motivo. Vedere quell'immagine, mi fece sussultare. Anche gli altri volsero lo sguardo verso il palco.

La donna sembrava essere davvero nella stanza, in un abito ottocentesco dal colletto alto, la mano poggiata alla vita, i capelli raccolti. Un'anarchica chic. Guardò il pubblico a uno a uno. In balia del suo sguardo, indietreggiai di un passo.

"Giovani. I vostri padri e madri hanno ceduto gratuitamente la loro conoscenza alla rete, e non vi hanno lasciato altro che negozi chiusi. I vostri nonni e nonne hanno deturpato l'atmosfera e non vi hanno lasciato altro che ondate di calore e virus." Fece una pausa per guardare la sala. Poi sollevò la mano guantata e la chiuse a pugno.

"E voi, che fate? Quando farete valere il vostro diritto a un'esistenza più giusta?"

Apparve l'immagine di un rombo con una grossa A sopra. La donna afferrò un parasole e la fece a pezzi. Il vetro tintinnò ai suoi piedi. "Il miglior argomento è quello del vetro rotto!"

Una brivido mi attraversò la schiena: era un ologramma, ne ero sicuro, ma anche una persona, qualcuno che aveva detto davvero quella frase, perché quella del vetro rotto era citazione. Ma di chi? Era morta da tempo, ma allo stesso tempo era qui davanti a me. Era qui perché la sua lotta era ancora valida, perché la sua energia era da esempio per noi.

Mi venne in mente: Emmeline Pankhurst, la suffragetta.

Emmeline fece un cenno. "Volete vivere come persone normali e dignitose. Ebbene, io vi darò vetri da rompere! Tenete pronti i telefoni, registrate."

Gli spettatori allungarono le braccia e puntarono i cellulari.

Sulla punta del suo parasole apparvero delle lettere rosse, che ruotavano su un asse. Un indirizzo. Cercai il telefono, armeggiando con i tasti per scattare una foto appena in tempo. Era un link. E un orologio con un conto alla rovescia. Mancavano ancora 12 ore.

I riflettori si spensero e il palco rimase vuoto. Gli altri si diressero uno per volta verso l'uscita, senza sguardarsi. Non volevo andarmene subito, perciò mi avvicinai alla ragazza che stava rimettendo i proiettori nelle custodie. Aveva i capelli rossi. La riconobbi: era la ragazza del McDonald's.

"Come ti è sembrato?" mi chiese.

"Emmeline mi ha colpito."

"Bello che tu l'abbia riconosciuta," rispose mostrando i denti neri in un sorriso. La carie era tornata in voga, da quando i dentisti erano diventati troppo costosi.

"Studio storia," dissi. "Conosco questo genere di cose."

"Mmh. Percorso di studi raro."

"Che significa quel link?"

"Pensa piuttosto a ciò che ha detto."

Tornai allo studentato, dove le scarpe si appicciavano alla birra versata sul pavimento, facendomi rimpiangere ancora di più la prospettiva di vivere con Robin. Provai a cercarla nella sua stanza, ma non c'era.

Mi sdraiai sul letto e cliccai il link. Digitai l'indirizzo e il mio schermo diventò nero: apparve il logo di un'impresa di pulizie, in lettere dorate. Ricordai di averlo visto al notiziario: era il principale fornitore della Axis e, da qualche tempo, offriva ai dipendenti vitto e alloggio invece dello stipendio.

Mi ricordava le condizioni di vita dei braccianti frisoni nella mia tesi. Un *pop-up* mi chiese se volessi acquistare delle azioni. Esitai a chiudere la pagina. Era una truffa o un indizio di Emmeline? Investii cento dei fiorini risparmiati per portare Robin a cena fuori, e festeggiare il rinnovo del suo contratto. Mi fece bene sperperare quei soldi.

Chiusi la pagina e andai a dormire.

Quando mi svegliai, non riuscii a trattenere la curiosità. Afferrai il cellulare e cercai delle notizie sull'azienda. A quanto pareva, la Axis aveva avanzato un'offerta pubblica di acquisto a sorpresa che aveva raddoppiato il valore delle azioni.

Cercai di venderle subito. Le dita scivolavano sulla tastiera dal nervosismo. Sul mio conto corrente, in effetti, c'erano duecento fiorini. Non riuscivo a credere alla mia fortuna, anche se avevo il terrore di essere scoperto.

Verso mezzogiorno arrivò la notizia che Axis aveva sporto denuncia per *insider trading*. Alcuni dipendenti vennero arrestati. Una donna con una treccia mostrò un foglio con delle P intrecciate, prima di essere portata via in un blindato della polizia. Non potei fare a meno di provare simpatia per lei. Un commissario di polizia arrabbiato annunciò un'indagine.

Mi chiesi se potessi essere arrestato. O se potessero collegarmi a Pake Pollok.

Oltre ai soldi, l'incontro con Emmeline mi diede nuova energia per la tesi. Dimostrava che la storia era utile, che i miei studi servivano a qualcosa, che al giorno d'oggi si poteva ancora ispirare la gente.

Passavo sempre più tempo in biblioteca all'università, dove scoprii vecchie tesi di dottorato, e perfino documenti e foto di incontri in cui il personaggio che stavo studiando aveva parlato. Li trascrissi, li interpretai e feci dei confronti col presente. Devo ammetterlo, cercare di ottenere l'immagine perfetta di questo soggetto, divenne una dipendenza.

Quest'eroe di Groningen era affascinante, sapeva insinuarsi sotto la pelle.

Vidi qualcosa muoversi con la coda dell'occhio e alzai lo sguardo. Una donna era in piedi davanti al tavolo. Portava un trucco bianco anti-tracciamento, con linee rosse intorno agli occhi. Le dava un'aria triste, come Pierrot. Mi chiese se avessi ancora bisogno del *Capitale nel XII secolo* di Piketty. Glielo diedi e lei sorrise.

Allora la riconobbi: la ragazza coi capelli rossi del Vera.

"Ciao," dissi. "Studi anche tu?"

"Non ho i soldi per studiare. Vengo qui solo per leggere."

"Già, perché a casa non si può leggere..."

Lei sorrise. "Anche tu sei qui, no?"

"Solo perché sto lavorando su un argomento poco conosciuto."

Rise in modo sprezzante. "Ci sono cose ancora più sconosciute. L'anno scorso il lemma di Karl Marx era lungo dieci pagine. Se lo cerchi ora, come primo risultato ti uscirà quel nuovo supereroe della Marvel che porta il suo nome. Persino il grande Marx viene dimenticato."

"Non credo a complotti del genere."

Rise ancora, stavolta mettendosi la mano davanti alla bocca, per coprire i denti. "È solo l'evoluzione capitalistica. Le Cinque A assumono interi reparti di scrittori di lemmi per promuovere le loro creazioni. Poi gli altri lemmi diventano automaticamente non rintracciabili. E quindi gli amministratori dicono: 'nessuno clicca sulle quelle robe vecchie e strane, cancelliamole'." Sospirò. "È così che si cancella la storia."

Alzai le spalle. Mi pareva tutto piuttosto inverosimile.

Indicò il mio schermo. "È quello l'argomento?"

Annuii e le lessi il titolo. "*Ferdinand Domela Nieuwenhuis. 1846-1919, l'eroe dei braccianti agricoli della Frisia e della Groninga.*"

"È la mia tesi di laurea. Uno dei più importanti anarchici olandesi. I contadini frisoni lo vedevano come il Messia. Dev'essere stato un oratore straordinario."

"Perché hai scelto lui?"

Trovai la domanda ostica. "Credo fosse speciale perché riuscì a conciliare il cristianesimo e il socialismo, i due grandi movimenti dell'amore per il prossimo."

"Interessante," disse lei. "Perfetto per la mia collezione."

Prese la mia penna e scrisse un indirizzo su una pagina del mio quadernetto, che poi nascose piegando il foglio. "Vieni stasera. Lascia il telefono a casa. Mi chiamo Christine."

Mi guardò, con un lieve sorriso. Fare sesso con lei fu la prima cosa che mi venne in mente. Arrossii. Mi mancava già Robin. Lei intuì subito i miei pensieri.

"Puramente platonica," precisò, cosa che mi rassicurò, e un po' mi deluse.

L'indirizzo era presso una chiusa nell'est della città, al terzo piano, al confine del quartiere Oosterpark. Suonai il campanello e Christine aprì la porta del vano scale. Dopo essersi assicurata che nessuno in strada stesse guardando, mi fece entrare. La seguii su per le scale, restando guardingo.

Il suo appartamento era un caos. Ovunque c'erano portatili smontati, router e cavi. Dietro al divano c'erano un paio di parabole. Mi offrì una tazza di tè e la poggiò su una pila di dischi rigidi.

"Che lavoro fai?" le chiesi.

"Robe tecniche," rispose. "Riparazioni e cose del genere."

La guardai incerto, ma lei continuò a raccontare.

"Una volta avevo un camion-ristorante," disse. "Insieme al mio ragazzo. Ogni listello, ogni cassetto, lo avevamo incollato noi con le nostre mani. Andavamo ai festival, quando si poteva di nuovo girare, dopo la prima epidemia. Ma non divenne mai redditizia come attività, con tutte quelle misure igieniche e l'assicurazione contro le pandemie, non come prima. Poi i festival vennero vietati del tutto. Abbiamo dovuto vendere il camioncino per pagare l'affitto. Per questo litigammo con la sua famiglia, visti i soldi che ci avevano prestato. Per gettare acqua sul fuoco, ripagai tutto io. Così mi ritrovai con i debiti e senza camioncino. Alla fine, anche il mio fidanzato se n'è andato. Ora sta con un'altra e si rifiuta di pagare la sua parte."

"Perché non vai a lavorare per una delle Cinque A?"

"E passare dieci anni in catene? Voglio essere una ribelle, non una schiava."

Il mio cuore accelerò. Stavolta riconobbi la citazione. "Emmeline Pankhurst," dissi.

Annuì soddisfatta. "Molto bene."

"Sei tu Pake Pollok?" chiesi. Guardai senza volerlo la porta della stanza, temendo di essere stato attirato in una trappola.

Christine scoppiò a ridere, mostrando tutti i denti. Allontanò la tazza di tè per evitare di scottarsi. "Se è una domanda seria, sei proprio un ingenuo."

Poggiò il laptop sulle gambe. "Però posso mostrarti qualcosa." Cliccò e si aprì un noto programma per creare ologrammi. Ed eccola lì, nello stesso abito vittoriano, con i pugni sui fianchi.

"L'hai creata tu?"

Lei annuì. "L'ho ricreata, come si suol dire. Riportata alla memoria. Pake mi ha messo in contatto con una squatter di Londra che sapeva tutto di lei. Lei ci ha messo i dati, io la tecnologia. Pake adesso usao questo *cast* in tutto il mondo."

Vedere l'immagine così da vicino fu anche meglio che vederla nella sala. Ogni perla sul suo colletto, ogni ciocca di capelli sembrava vera.

"Davvero forte," fu l'unico commento che riuscii a fare.

Christine mi mostrò altre proiezioni. Che Guevara. Dolores Gómez, conosciuta anche come *la Pasionaria* della guerra civile spagnola. Eroi spariti da internet, quasi del tutto dimenticati. Metteva molto amore e attenzione in quelle sue creazioni. Potevano competere con i *cast* professionali della Marvel.

"Perché hai riso prima?" le domandai.

"Perché non l'hai ancora capito."

"Cosa?"

"Pake non è una persona. È solo un insieme di righe di codice nel dark web. Come un facilitatore digitale dell'anarchismo, gira sui server nelle case delle persone, su reti hackerate. Da lì cresce, alimentato dai suoi sostenitori. È un bot."

"E qual è il suo obiettivo?"

"La Rivoluzione, ovvio." Lo disse così, come la cosa più normale del mondo.

Bevvi un sorso di tè, ma non risposi. Tutta quella distruzione mi spaventava. Cosa sarebbe venuto al suo posto? Inoltre, l'idea di caricare il mio progetto di laurea su una rete illegale non mi entusiasmava affatto. Queste cose venivano sempre fuori, e una volta che il nome di Pake Pollok ti si attaccava addosso, eri marchiato per sempre.

"Ma perché lo chiamano tutti così? È un nome strano, no?"

"Un bot crea cose del genere."

"Non voglio averci niente a che fare."

Chiacchierammo ancora un po', di politica, di tecnologia. Quando me ne andai, Christine mi accompagnò all'entrata.

"Prova a contribuire," mi disse, mentre chiudeva la porta. "Forse allora qualcosa cambierà."

Scesi le scale e tornai verso il centro. Per strada Robin chiamò per sapere come stavo. Suo padre era passato a prenderla oggi. Le parlai dei miei studi. Fu piacevole sentire la sua voce.

"Com'è vivere di nuovo a casa?" le domandai.

"Almeno il bagno è pulito."

"Mi sembri un po' stanca."

"Ieri sono uscita con degli amici del liceo. Ho bevuto troppo, temo."

Non l'avevo mai vista ubriaca. "Ascolta, Robin. Ho avuto un colpo di fortuna. Che ne dici di cenare insieme una sera di queste?"

Lei esitò. "Ti sei fatto prestare dei soldi."

"No."

"Se mi dici dove li hai presi senza mentirmi, allora vengo."

"Non ho preso soldi in prestito."

"Non dirmi balle, Nic. Sappiamo entrambi che non hai un soldo!"

Sembrava così fredda che riattaccai subito.

Nelle settimane successive, conclusi la tesi. Non perché avessi finito davvero, ma perché dovevo, in quanto avevo esaurito il periodo di studio ufficiale e non potevo permettermi di pagare un altro anno. Grazie all'impegno degli ultimi tempi, la mia relazione era diventata un'opera lunga e corposa, piena di citazioni e foto di comizi. Una panoramica completa di come quell'uomo avesse ispirato i braccianti sfruttati, dato loro una voce politica, e fosse divenuto, infine, un anarchico.

Caricai il documento sul sito dell'università, ma dopo dieci minuti trascorsi a fissare l'icona di caricamento, comparve un messaggio di errore. Riprovai, e di nuovo il file venne rifiutato. Iniziai a sudare. La scadenza era oggi. Il caricamento mi era sembrato una banalità.

Spuntai l'opzione per la consegna in *copia cartacea* – modalità per fortuna ancora accettata grazie a una manciata di medievalisti. Poi pedalai come un pazzo attraverso la città. Alla fine trovai un negozio nel centro commerciale fatiscente di Paddepoel, gestito da un collettivo di senzatetto, dove feci stampare due copie. Corsi alla segreteria dell'università e lasciai la tesi sul bancone, dopo averla infilata nella busta di plastica antimicrobica, come da regolamento. La signora dietro mi guardò accigliata.

"Storia," disse. "Non se ne sente parlare spesso di questi tempi."

"Qualche idea sul perché non si caricasse sul portale?"

Lei fece spallucce. "Potrebbero essere tante cose. Oggigiorno siamo anche vincolati alle richieste delle Cinque A."

Si infilò i guanti ed estrasse la mia tesi dalla busta. Digitò prima il mio nome, il numero di matricola e poi *consegnato*.

Tre giorni dopo fui chiamato, proprio entro il termine del periodo di revisione. Era comunque più veloce di qualsiasi docente umano. La voce era un po' troppo gradevole, come quella delle presentatrici di una volta. Ciò confermava che mi stava chiamando un bot.

"Ciao Nic," disse la voce. "Spero che tu stia bene. Hai un minuto per parlare della tesi che hai consegnato?"

"Certo. Ha un voto da comunicarmi?"

I bot erano molto sensibili alle buone maniere, lo sapevano tutti, anche se non avrebbero mai modificato un voto perché gli stavi simpatico; inoltre, erano sensibili anche a certe formulazioni. Per fortuna, ero bravo a trattare con loro.

"Ho letto e rivisto la tua tesi. Un lavoro eccellente. La percentuale di plagio è incredibilmente bassa e l'ortografia impeccabile. C'è purtroppo un punto critico. Non sono stata in grado di rintracciare l'80% delle fonti citate nelle note a piè di pagina nella letteratura scientifica."

"Tutto il materiale è nella biblioteca universitaria."

"Quella digitale?"

"L'archivio cartaceo."

"È preferibile utilizzare solo fonti reperibili anche nella biblioteca digitale o su internet. Solo così posso verificarli."

"Può chiedere ai bibliotecari di scannerizzare il materiale."

"Questo servizio non è più disponibile dal 1° gennaio. È stato abolito per via di troppe infrazioni al regolamento. Mi spiace, ma non posso verificare se l'argomento trattato dalla tua tesi sia esistito veramente."

"Ma tutti sanno che Ferdinand Domela Nieuwenhuis è esistito veramente!"

"Questo non è un argomento scientifico."

"E cosa sarebbe, allora? Un personaggio della Marvel?"

"Non nego la sua esistenza. È solo che non posso verificarla. Per la scienza, l'attendibilità delle fonti è cruciale."

"Devo quindi aspettare che tutto..."

Impossibile discutere con un bot. Erano insuperabili in logica. *Sembra proprio una situazione kafkiana*, pensai. Ma non lo dissi. Pronunciare Kafka davanti a un bot era un insulto gravissimo.

"Purtroppo, una tesi del genere non è sufficiente per laurearsi. Mi spiace, Nic. Posso consigliarti di controllare che tutte le tue fonti possano essere validate in digitale. Oppure di scegliere un altro argomento."

"Posso chiedere una proroga?"

"Non mi è possibile concederla, ai sensi dell'articolo 4.3.72 del contratto di studi."

Riattaccai. *Validate in digitale? Un altro argomento?* Mi ci sarebbero voluti altri sei mesi e pagare un altro anno sarebbe stato un disastro. Io e i miei genitori non potevamo di certo permettercelo.

Quella sera Christine si presentò alla mia porta. In realtà, volevo mandarla via, perché ero seccato e non avevo voglia di compagnia. Ma lei si guardava intorno così nervosamente che la feci entrare.

"Che c'è?"

"La polizia ha fatto irruzione in casa mia." Parlava veloce. "Hanno portato via tutta l'attrezzatura."

"E tu?"

"Sono ricercata." Mi guardò, rise, sgranò gli occhi. "Posso stare da te stanotte?"

Cedetti. Lei mi abbracciò. Il suo tocco mi fece stare bene, anche se mi sentivo in colpa nei confronti di Robin. Le passai una sedia e le preparai una tazza di tè, mentre mi chiedevo come avrei potuto nasconderla. "Come l'hanno scoperto?"

"Non ne ho idea. C'è sempre qualcuno disposto a guadagnare venti fiorini." I suoi occhi si posarono sulla mia tesi, come se parlare dell'incursione la stesse già annoiando. Le raccontai quello che era successo.

"Che stronzi," disse lei.

"Come fanno a dire che non è mai esistito!"

"Con i bot è così. Riconoscono solo quello che viene inserito nel loro sistema. Il tuo eroe è sull'orlo del dimenticatoio. Se la biblioteca di Groningen darà via i suoi libri fisici, la sua memoria andrà perduta per sempre."

"Sarebbe una perdita irreparabile."

Lei sorrise. "Allora lo salveremo noi."

Christine recuperò i suoi programmi dalle profondità della rete. Passammo il resto della giornata a caricare la mia collezione di foto di lui, da quanti più punti di vista possibile. Aggiungemmo i dettagli. Il colore degli occhi, i ricci della barba, i bottoni del gilet, ma soprattutto lo sguardo intenso e penetrante.

La prima volta che mi guardò, lo sentii fin nelle ossa.

Nei giorni seguenti, lavorammo sulla voce. Lessi suoi vecchi discorsi, nel modo in cui i testimoni oculari raccontavano di averli ascoltati. Dopo una settimana, in cui ci cibammo di patatine e acqua, senza mai mettere un piede fuori dalla porta, ci intrufolammo al Vera, dove Christine montò i proiettori.

Le luci tremolarono e lui apparve. Un gigante vestito di nero, con capelli scuri e spettinati. Mi guardò, io rabbrividii.

"Non importa se mi logoro, vengo picchiato o infangato," disse lui con una voce bassa, stentorea e penetrante, "purché sia utile."

Mi venne la pelle d'oca. Incuteva paura e fiducia allo stesso modo. Non c'era da meravigliarsi se i braccianti avevano creduto che li avrebbe liberati. Allungai la mano. Lui fece lo stesso. Le nostre dita quasi si toccarono.

"Accidenti," esclamò Christine dientro di me. "Pake lo apprezzerà."

"Carichiamolo."

Spense il proiettore. "Dobbiamo stare attenti," disse.

Fuori, apparvero le luci di un lampeggiante. Qualcuno suonò il campanello esterno. Avevo il cuore a mille. Christine si affrettò a mettere il proiettore nella cassa.

"Presto," le feci.

"Vai," mi disse. "Questo coso costa una fortuna."

"Ti aiuto."

"No, pensa al tuo progetto." E mi lanciò la chiavetta con dentro l'ologramma. "In cantina!" Poi mi fece cenno di andarmene con una tale autorevolezza che non potei ignorarla.

Di sopra, la porta scricchiolò. Scappai dietro il bancone e mi intrufolai nel buco che portava alla cantina della birra, esattamente come eravamo venuti.

Sentii Christine chiudere la cassa, mentre dei passi scendevano le scale. Aspettai tra i fusti di birra, sperando che riuscisse a raggiungere il buco. Un lampo di luce. Un grido. "Fermi, polizia! A terra!"

Lasciai che il portello si chiudesse e mi feci strada attraverso la cantina e le volte medievali, lungo un vecchio passaggio che i seguaci di Pake avevano riaperto.

Cercai a tentoni una via nel buio di pareti viscide. Ogni tanto mi fermavo ad ascoltare, ma sentivo solo voci maschili, nessun segno Christine.

Dopo un po', apparvero dei fasci di luce, e sentii degli uomini urlare. Arrivai appena in tempo al cancello di Oosterhaven. Lo spalancai e fuggii verso uno degli edifici occupati vicino al museo. Lì non mi fecero domande.

Quella sera lessi sul telefono che un'importante rete anarchica era stata smantellata. Nelle immagini c'era anche Christine, che con le dita faceva il simbolo delle P. Guardava dritto nella telecamera. Sentii la chiavetta con l'ologramma di Nieuwenhuis premere contro la gamba. Mi sentivo responsabile, ma contattare Pake non era facile. Ero solo uno studente di storia, non un mago della tecnologia come Christine.

Quella sera Robin chiamò. Disse che voleva comunque uscire a mangiare. Forse era successo qualcosa, una lite con i genitori o qualcosa del genere, di cui non volevo sapere nulla. In realtà, volevo declinare l'invito, perché ero ricercato, perché volevo sfruttare ogni centesimo che avevo. Ma ovviamente non potevo dirle di no.

Era stanca, con gli occhi scavati e i capelli sporchi. Il berretto bianco sembrava diventato più grande di lei. Facemmo un giro attorno al museo, che aveva chiuso per fallimento anni prima. La torre più alta era divenuta un edificio abusivo ormai, con le finestre sbarrate e tappezzato di graffiti con le P intrecciate. Poi andammo al McDonald's.

"Come stai?" chiesi, mentre lei divorava il suo hamburger.

Alzò le spalle. "Do metà del mio stipendio ai miei. In cambio, loro non si immischiano nella mia vita."

"Avete litigato, allora?"

Ignorò la domanda e si avvicinò la salsa per le patatine. Aveva un livido sul gomito. Non appena vide che l'avevo notato, ritrasse il braccio di scatto. Ciò confermò i miei timori.

"Questo è un po' di più che ubriacarsi coi i vecchi amici."

"È successo una volta sola."

"Queste cose non succedono mai *una volta sola*."

"È bello rivederti." Il suo sorriso aveva ancora fascino.

Che dovevo fare? Riportarla a Groningen? Riproverarla? Rimasi attonito dalla velocità con cui l'avevano ridotta così.

"Puoi incolparmi di tutto, Nic. Ma non sai com'è. È davvero svilente, umiliante. Senza prospettive."

Mi mostrò il telefono, con una foto del nuovo centro di elaborazione dati della Axis a Eemshaven, dove il cavo internet transatlantico usciva dal mare. "Devo presentarmi lì di persona ogni settimana. L'unico momento in cui esco di casa. Non vado più nemmeno in città, altrimenti non riesco a fare le mie ore di lavoro."

La foto mi mise all'erta, come se avessi tracannato due lattine di energy drink. Uno sguardo al cuore delle Cinque A era cosa rara.

"Perché hai voluto vedermi?"

Lei annuì. "Volevo chiederti se potessi prestarmi dei soldi." Mi guardò negli occhi. "Te li restituirò appena riceverò lo stipendio."

Eravamo stati tanto tempo insieme. Non poteva mentirmi.

"Non è come pensi," continuò.

"Perché non torni a scrivere? Posso darti un'esclusiva. Su Pake Pollok."

Gli occhi le si illuminarono. "Ecco da dove vengono i tuoi soldi..."

"Sarebbe un nuovo inizio."

"Non posso pubblicare nulla come indipendente su Axis. Per contratto. Non hai contanti?"

"Così puoi mandare tutto a puttane?"

"Non fare il difficile, Nic. Hai detto tu stesso di aver avuto un colpo di fortuna."

Esitai. Non volevo approfittare di lei. Ma se davvero desiderava buttare tutto al vento, tanto valeva che si rendesse utile. "Voglio qualcosa in cambio."

"Cosa?"

Mi alzai e le sussurrai all'orecchio. Poi infilai cento fiorini sotto il vassoio davanti a lei, i miei ultimi spiccioli.

Lei controllò il telefono e scrisse qualcosa su un tovagliolo. Poi intascò i soldi.

Ero inorridito nel vedere la mia amata Robin in quello stato.

Quella notte pedalai fino al capannone, dove c'erano i cavi. Non feci nulla per nascondermi dalle telecamere. Ero già ricercato. Tra lo sciabordio dell'acqua e i garriti dei gabbiani, poggiai la bici contro la recinzione e mi guardai intorno. Non vidi nessuno, nemmeno il custode. *O la va o la spacca*, pensai.

Con l'aiuto di una foto di Robin, mi ero truccato in modo che tutte le porte si aprissero davanti a me. Se solo tutto fosse andato bene.

Mi misi davanti alla telecamera e sorrisi. Il cancello si aprì con un ronzio. Feci un respiro profondo e attraversai il prato fino alla porta successiva. Anche quella si aprì sulla sala principale.

Lì, un cavo nero saliva dal mare, per poi dividersi in decine di altri più piccoli, a loro volta collegati a stazioni di distribuzione. Era il cavo transatlantico della Axis, l'orgoglio della provincia. Un'autostrada di dati ultramoderna.

Nell'angolo, c'era il terminale che avevo visto nella foto di Robin, dove lei doveva presentarsi ogni settimana per far sapere ad Axis che lei stessa non era un bot. Anche lì, lo schermo si aprì di fronte alle strisce sotto i miei zigomi. Finora stava andando tutto liscio. A quanto pareva, Axis era così convinta del potere dell'automazione da lasciare il posto deserto.

Non appena mi sedetti in quel crocevia di flussi di dati, cominciai.

Christine mi aveva detto che contattare Pake era come incontrare le spie durante la Guerra Fredda. Bisognava avvicinarlo in pubblico, in un luogo dove potesse scomparire in fretta tra la folla, dove gli indirizzi IP non rivelassero informazioni, dove potesse diffondere nuovi dati all'istante, prima che le corporazioni potessero isolare le reti.

Quel parcheggio lungo l'autostrada digitale era il luogo ideale.

Digitai l'indirizzo IP che Christine mi aveva mostrato. Apparve una finestra nera, con un prompt che mi fece domande che solo Christine e io conoscevamo. Come il colore della nave che era passata dalla chiusa vicino al suo appartamento la settimana scorsa, e il suo trucco di tre sere fa. Per fortuna, ricordavo tutto. Lentamente si formarono due P sullo schermo.

Le mie dita si irrigidirono. Sì! Ero dentro. In udienza col famigerato Pake Pollok.

Mi girai. Ero ancora solo. Iniziai a scrivere dei fatti successi a Christine, del nostro ultimo progetto e della sua idea. Caricai la scheda di memoria, compreso l'ologramma e tutte le informazioni di base, inclusa la mia tesi. Poi un saluto di addio. La schermata della chat scomparve e non accadde nulla.

Chiusi tutto e tornai a casa. C'erano le notizie in TV e i miei coinquilini mi fecero notare di essere ricercato. Sospettavo che sarebbe stata solo una questione di tempo prima che mi tradissero. Mi chiesi cosa avrebbe fatto Pake, ma non mi venne in mente nulla.

I bot erano imprevedibili perché non pensavano come gli esseri umani, non come le autorità. Ecco perché avevano tanta paura di lui.

Qualche giorno dopo si sentì un grido entusiasta dalla camera al piano di sotto. Scesi le scale. Qualcuno mi urlò di guardare su un motore di ricerca. Presi il telefono e cercai, il sito più visitato di internet, il forum dell'umanità.

Rimasi sbigottito e controllai subito se l'indirizzo fosse corretto. Al posto della pagina bianca con le lettere che tutti conoscevano, c'era un uomo, con la barba scura e i capelli arruffati, in un abito elegante e uno sguardo deciso.

Pake aveva usato lui, la creazione di Christine e mia. Ferdinand Domela Nieuwenhuis non era più uno sconosciuto, era rinato come Pake Pollok.

Intorno a lui giravano video di lavoratori affamati in India, di rivolte nei ghetti, di incendi nei sobborghi. Non riuscivo a staccare gli occhi dallo schermo. *Se c'è qualcuno che può liberarci da tutto questo, è proprio lui*, pensai.

Iniziò a parlare, come aveva fatto al Vera. "Emarginati, rinnegati della società, gente da cui non c'è più nulla da prendere," indicò la sua platea. "Il tempo è giunto. Trovate tutti i dispositivi che conoscete, tutti i computer, dal più piccolo chip alla rete più grande. Installate il mio mondo, usate il mio mondo, ignorate il resto. È arrivato il momento di cacciare le Cinque A e di riprenderci la nostra libertà. Poiché i tiranni non allevano schiavi; gli schiavi allevano tiranni."

Apparve un link. Lo cliccai. Lo schermo divenne nero, poi rosso. Comparvero due P.

Il mio telefono si riavviò e mostrò un'infinità di nuove app.

Un nuovo motore di ricerca, *FreeMosaic*.

Un nuovo *appstore*, pieno di programmi di piccole aziende indipendenti, di reti sane.

In basso a destra, in grassetto, c'era un saldo.

Scoppiai a ridere. Le sirene risuonavano in sottofondo.

La rivoluzione era iniziata.

Indice